Der Autor

Josef Franz Kaspar, 1947 in einer Flüchtlingsbaracke der Grenzstadt Furth im Wald geboren, erzählt in diesem autobiografischen Roman die Lebensgeschichte eines Nachkriegsgeborenen einer Flüchtlingsfamilie. Er zeichnet ein Bild der Nachkriegszeit von 1947 bis in die Zeit des Aufbruchs in das Wirtschaftswunder Deutschland. Mit dem Abschied von seiner geliebten Heimatstadt begann er eine Ausbildung zum Chemielaboranten, studierte danach an der Fachhochschule Rheinland-Pfalz Textiltechnik und anschließend an der UNI Darmstadt Pädagogik für das Lehramt an Berufsbildenden Schulen. Mit der Pensionierung beendete er seine pädagogische Laufbahn und entdeckte seinen literarischen Forschungsdrang.

J.F. Kaspar

Grenzweg

Von der Flüchtlingsbaracke in die Villa

Autobiografischer Roman
Mit Rezepten bayrisch-böhmischer Mehlspeisen

1.   Auflage 2017

Verlag und Druck: tredition GmbH,
                 Halenreie 40-44
                 22359 Hamburg
ISBN: 978-3-7439-7391-6 (Paperback)
               978-3-7439-7392-3 (Hardcover)
               978-3-7439-7393-0 (e-Book)

„Wenn man an der Grenze lebt, ist man immer arm
und nie seiner Heimat sicher…"

(Zitat aus dem Drachenstich-Festspiel nach Josef Martin Bauer.)

Prolog

Die größte Flüchtlings- und Vertriebenenflut mit 12 Millionen Menschen erlebte Deutschland in den Jahren 1945-1948. Diese Menschen verloren ihr gesamtes Hab und Gut und suchten in Westdeutschland eine neue Heimat.

Der vorliegende autobiografische Roman erzählt mit der Lebensgeschichte eines Nachkriegsgeborenen einer Flüchtlingsfamilie den Weg in eine bessere Zukunft in der Grenzstad Furth im Wald. Der Autor zeichnet ein Bild der Nachkriegszeit von 1947 bis Mitte der 60er Jahre. Es war eine Zeit, die erst von Kriegsfolgen und Armut geprägt war und danach den Aufbruch in das Wirtschaftswunder Deutschland erlebte.

Eine liebevoll erzählte Familiengeschichte im Herzen einer bayerischen Grenzstadt zu Tschechien, humoristisch und ernsthaft zugleich, ohne Vorurteile und Ressentiments.

Nicht durch Vergleiche mit aktuellen Ereignissen, sondern durch Beschreibung damaliger Verhältnisse überlässt der Autor dem Leser die Möglichkeit, die gegenwärtige Flüchtlingssituation daran zu messen und selbst zu reflektieren.

Grenzdurchgangslager

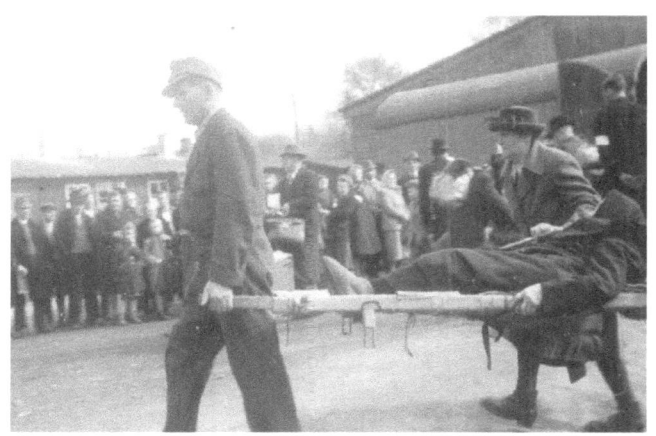

Nach dem Ende des Zweiten Weltkrieges wurden ca. 12 Millionen Deutsche und Deutschstämmige aus ihrer Heimat in den Siedlungsgebieten Ost-, Ostmittel- und Südosteuropas vertrieben. Diese Menschen verloren außer ihrer Heimat auch die materiellen Grundlagen ihrer Existenz und mussten im kriegszerstörten Deutschland eine neue Bleibe finden. Dabei hatte dieses Nachkriegsdeutschland selbst genug damit zu tun, die einheimische Bevölkerung mit Lebensnotwendigem zu versorgen.

Zur Bewältigung der Flüchtlingsflut wurden Durchgangslager an zentralen Grenzübergängen geschaffen. Die Vertriebenen und Flüchtlinge wurden hier aufgenommen, registriert und mit Lebensmitteln versorgt. Die Durchgangslager wurden für diese Menschen zur ersten Station auf dem Weg von der verlorenen Existenz in eine unbestimmte Zukunft.

Nachkriegsjahre

Die Konferenz der Außenminister der vier Siegermächte USA, UdSSR, Großbritannien und Frankreich scheiterte Ende 1947. Die Siegermächte konnten sich nicht auf gesamtdeutsche Wahlen einigen, stattdessen entschlossen sich die USA und Großbritannien für einen westdeutschen Teilstaat mit westlicher Orientierung. Dies führte letztlich zur Teilung Deutschlands, da in der Sowjetischen Besatzungszone der Volkskongress als Vorläufer der Deutschen Demokratischen Republik unter Leitung der Sozialistischen Einheitspartei Deutschlands gebildet wurde.

Auch im Nahen Osten schien die Welt in Bewegung. Am 30. November, dem 1. Advent im Nachkriegsjahr 1947, begann ohne formale Kriegserklärung mit ersten lokalen Kämpfen zwischen jüdischen Militärorganisationen und arabischen Milizen der Palästinakrieg und Winston Churchill, der bedeutende britische Staatsmann und Stratege des Zweiten Weltkrieges feierte seinen 73. Geburtstag.

In den frühen Morgenstunden dieses bewegenden Tages wurde ein Knabe im Bayerischen Wald in einer Holzbaracke des Flüchtlingslagers Furth im Wald geboren. Man nannte ihn „Pepperl", eine bayerische Verniedlichung, abgeleitet von Josef. Josef war auch der Name seines Vaters, der ihm diesen würdevollen biblischen Namen vererbte. Im gesamten Auffanglager vernahm man seinen ersten Schrei, der nicht enden wollte. Mit dieser lautstarken Präsenz erhielt Pepperl aber nicht die

Aufmerksamkeit, die er sich mit seinem Stimmvolumen vielleicht verdient hätte. Es wurde nicht die frohe Botschaft „HÖRT, HÖRT, ER IST DA!" verkündet, sondern eher die Bemerkung „Oh Gott, der ist nicht zu überhören!" geäußert.

Mit seinen Eltern und fünf Geschwistern, eigentlich Halbgeschwistern, teilte sich der kleine Josef einen Raum, den er mit seiner kräftigen Stimme beschallen konnte. Dieser Raum wurde auch noch von einer anderen Familie als Durchgang zu ihrer eigenen Behausung genutzt. Der kleine Josef schrie nicht selten aus Hunger. Hunger war der ständige Wegbegleiter in den Flüchtlingsbaracken der Nachkriegszeit.

Sein Vater, von Beruf Schneider, war Sudetendeutscher und konnte nach dem Kriegsende nicht mehr zurück in das Haus seiner Familie in Vollmau, weil die Sudetendeutschen aus der Tschechoslowakei in den Jahren 1945 und 1946 unter Androhung und Anwendung von Gewalt zum Verlassen ihrer Heimat gezwungen wurden. Die Siedlung Vollmau (heute Folmava), die von Siedlern aus Furth im Wald im 17. Jahrhundert gegründet wurde, erlebte ein schreckliches Kapitel der Vertreibung. Sogenannte „Revolutionsgarden", wie sie sich selbst nannten, meist junge tschechische Soldaten, töteten bei der Vertreibung am Ortsrand von Vollmau durch Gewehrfeuer Männer, Frauen und Kinder in einem Racheakt. Vater Josef war Kriegsgefangener in Frankreich, als

13

dessen Bruder Franz im Garten seines Hauses mit einem Schuss in den Rücken getötet wurde. Josef's drei Töchter Ida, Nannerl (Verniedlichung von Anna) und Kathi waren vorübergehend bei seinen Geschwistern untergebracht, da ihre Mutter in Kriegszeiten verstorben war.

In Handwagen und Kinderwagen schleppten die vertriebenen Menschen aus Vollmau das, was sie gerade noch mitnehmen konnten über die tschechische Grenze nach Furth im Wald. Hier fand der Vater nach seiner Rückkehr aus der Gefangenschaft eine Unterkunft für sich und seine drei Töchter in einer Flüchtlingsbaracke im Auffanglager. Seine zweite Frau Anna, Pepperl's Mutter, auf einem ärmlichen, kleinen bayerischen Bauernhof nahe der tschechischen Grenze aufgewachsen, brachte selbst zwei uneheliche Kinder, „Fritz" und „Annerl", von im Krieg gefallenen Männern mit in die Ehe.

In jener Nachkriegszeit, umgeben von Armut und kriegsgeschädigten Menschen, war Nahrung die wichtigste Voraussetzung zum Überleben und Nahrungsmangel ein Grund für Pepperl's Dauerbeschallung der bescheidenen Unterkünfte.

Mit dem handwerklichen Geschick eines Schneiders baute der Vater aus Steinen und Lehm einen Ofen, auf welchem auch gekocht werden musste. Die gestalterische Phantasie zur Einrichtung des Barackenraumes war schnell erschöpft: Stockbetten Marke Eigenbau von

Vater Josef. Die Flüchtlingsbaracken in Furth im Wald standen auf Holzpfählen, dazwischen befanden sich hölzerne Tafeln aus doppelter Bretterlage mit zwischenliegender Pappe und einfach verglasten Fenstern, Fußbodenplatten, Dachplatten mit Dachpappe ohne Zwischendecken, was nur geringen Schutz gegen Kälte bot. Das Trinkwasser war von Zapfstellen außerhalb der Baracken zu holen und das Schmutzwasser musste nach draußen getragen werden. Als Toilette gab es gemeinsam für alle Insassen ein Plumpsklo, das außerhalb der Behausungen stand. Der einzige „Luxus" war elektrisches Licht.

Mutter Anna startete mehrmals einen Fluchtversuch mit Koffer und ihren Kindern hin zum Hof ihrer Eltern. Sie fand jedoch immer wieder zurück in die Flüchtlingsbaracke; Menschen gab es bereits genug, die von diesem kleinen Hof leben mussten, und der kleine Josef sollte ja nicht auch noch ohne Vater aufwachsen, wie Annerl und Fritz.

In jener Zeit litten viele Kinder an Mangelerscheinungen und ungesunden Wohnverhältnissen, so auch der kleine Josef, der schon in seinem ersten Lebensjahr Rachitis und Lungenentzündung durchzustehen hatte. Die Sterberate bei Kleinkindern und Säuglingen war relativ hoch und die Heilungschancen bei Tuberkulose und Lungenentzündung waren aufgrund der Arzneimittelknappheit gering.

Dabei hatte Pepperl seine Lungen doch schon frühzeitig lautstark trainiert. Außerdem schien er sich zu einem Sprachgenie zu entwickeln, als er mit seinen ersten gestammelten Lauten „Dadda" schon die böhmische Bezeichnung für Vater aussprechen konnte. Darauf folgten die komplizierten Laute „Mama", die seine Sprachbegabung unterstrichen. Überhaupt waren die böhmischen Bezeichnungen für Verwandte leicht zu erlernen: Dadda's Bruder hieß nicht Onkel, sondern „Veda", Dadda's Schwester hieß nicht Tante, sondern „Doda" und die Frau vom Veda hieß „Basl".

„DaddaMamaDodaVedaBasl" und schon war die ganze Verwandtschaft begrüßt.

Nach dem Kriegsende hatte die deutsche Reichsmark nur noch geringe Kaufkraft, da das Geldvolumen nicht mehr mit entsprechenden Sachwerten gedeckt war. Der Krieg hatte eine irrsinnige Ausweitung des Geldvolumens verursacht und die enormen Kriegszerstörungen reduzierten die verbleibenden Sachwerte. 1948 wurde in den westlichen Besatzungszonen mit der Währungsreform die Reichsmark abgeschafft und die Deutsche Mark eingeführt. Die Reichsmark in Geldscheinen hatte nur einen Nennwert und dieser lag weit unter dem gehandelten Wert von Münzen oder Sachwerten. Bis zur Währungsreform war es an der Tagesordnung, sich den Arbeitslohn in Sachleistungen oder Nahrungsmitteln bezahlen zu lassen.

Mit fleißiger Arbeit an der Nähmaschine „erkämpfte" Vater Josef Lebensmittel für die kinderreiche Familie. Kreativität war nicht selten der Koch in der Nahrungsknappheit. Was heute eine Fastenspeise ist, war für viele Deutsche der Nachkriegsjahre die Basisernährung.

Zum Beispiel die „Einbrennsuppe" (Siehe Rezept Nr. 1), auch Mehlsuppe genannt, ist ein sehr einfaches Gericht aus Mehl und Wasser. Dazu wird das Mehl in der Pfanne mit Schweineschmalz oder Öl goldbraun angeröstet bis eine blond-braune Mehlschwitze entsteht, die dann mit Wasser aufgekocht und mit Salz, Gewürzen, Kräutern und Gemüse angereichert wird.

Wer auf der „Brennsuppn daherschwimmt", ist in der bayerischen Redensart ein armer und unbedeutender, beschränkter Mensch. Auf der Rückseite der Baracke baute Vater Josef ein eigenes Plumpsklo für die Familie, auf bayerisch „Scheißhäusl" genannt. Im Umfeld dieses Scheißhäusls fand er das gut gedüngte Terrain für ein Kräuter- und Gemüsegärtchen in der Fläche von ein auf zwei Metern, quasi ein Recyclinggärtchen. Dies bewies eben, dass er nicht auf der „Brennsuppn dahergschwumma" war.

Im Flüchtlingslager konnten die menschlichen Ausscheidungen nicht ausreichend kanalisiert werden und fanden daher stellenweise auch an der Erdoberfläche in einem Graben den Weg zur Entsorgung. Pepperl's Schwestern hatten nicht immer Lust, den kleinen

Schreihals im Kinderwagen zu beaufsichtigen und überließen ihn dem leicht abfallenden Gelände in Richtung Graben. Dieser Exkremente-Graben, also offenliegende Kanal, war der natürliche Stopp für den Kinderwagen, und das Sonntagskind küsste den Inhalt dieses Grabens. Da kam das Gerücht auf, dass dies die Geburtsstunde eines Feinschmeckers sein musste.

Elendsquartiere

Vier Jahre nach Kriegsende wurde 1949 mit der Verabschiedung des Grundgesetzes auf den Trümmern des Krieges ein neuer Staat gegründet, die Bundesrepublik Deutschland. Damit begann auch eine Phase wirtschaftlichen Aufschwungs.

In jenem Jahr verließ die älteste Schwester Ida die Flüchtlingsunterkunft und fand einen Arbeitsplatz in einem Haushalt in Wiesbaden. Der Durchgangsverkehr durch die „Ein-Raum-Behausung" der Familie Kaspar war nach drei Jahren auch vorbei und somit wieder Platz für einen weiteren Nachwuchs, Schwester „Roserl". Eigentlich Rosamunde, aber wem sie diesen Namen schuldete, blieb ein Geheimnis. Vielleicht von der Polka, deren Text lautet: „Rosamunde schenk mir dein Herz und sag ja". Herzen zu verschenken, war in dieser Armut die einzige Möglichkeit, Geschenke zu machen. Auch an Weihnachten blieb nicht viel, um Geschenke zu machen: Vater's Selbstgeschneidertes oder Mutter's Selbstgestricktes und als Süßigkeit „Schmalzkugeln" (Siehe Rezept Nr. 2).

Roserl entwickelte sich dank ihrer Vorliebe für Süßigkeiten schnell zu einem pausbäckigen Wonnepropen und Pepperl durfte sie ab und zu im Kinderwagen schaukeln. Nicht selten stand er mit dem Kinderwagen vor dem Exkremente-Graben und überlegte, ob er Roserl auch einem Feinschmeckertest unterziehen sollte. Im Gegensatz zu Roserl's Pausbacken magerte Mutter

20

Anna's Statur zunehmend ab. Sie hatte einen Wurm in ihrem Körper, einen Bandwurm, der als hungriger Mitesser für sie selbst nicht viel übrig ließ. Pepperl machte sich Sorgen um seine Mutter, wenn er ansehen musste, wie sie sich unter den schwierigen Lebensverhältnissen mit einer Sauerkraut-Kur herumquälte. Mit dieser Wurmkur zwang sie das Untier schließlich zur Kapitulation.

Die letzte große Aussiedlungsaktion mit ca. 20 000 Sudetendeutschen fand im März 1950 statt. Die Stadt Furth im Wald war mit Menschen überbelegt und so wurden die Transportzüge aus der Tschechoslowakei noch vor dem Einlaufen in den Bahnhof verstärkten Grenzkontrollen unterzogen. Eine zwiespältige Erfahrung für die Kontrolleure, wenn sie mit ansehen mussten, wie Kinder in den Eisenbahnwaggons vor Erschöpfung und Hunger weinten, aber trotzdem strenge Kontrollen durchgeführt werden mussten.

Einige Further Bürger fühlten sich in ihrer Sicherheit bedroht und die Angst, noch mehr Menschen aufnehmen zu müssen, sollte durch eine Grenzsperre gemindert werden. Dass Furth der am stärksten belastete Ort des Regierungsbezirks war, wurde durch ein Anwachsen der Bevölkerung von 6 000 auf 11 000 Einwohner und durch eine bedrückende Wohnungssituation mit 12 Elendsquartieren belegt.

Die Behausung der Patchwork-Familie Kaspar bot für „deine-meine-unsere Kinder" bald mehr Lebensraum, als auch die zweitälteste Schwester Anna (Nannerl) ihrer Schwester Ida nach Wiesbaden folgte.

„Mama, kimmt des Nannerl eyzt nimma?"[1]
waren Pepperl's traurige Worte nach dem Abschied von seiner Schwester.

Die sogenannte „Dobnerbaracke", in der die Familie Kaspar lebte, war nicht weit vom Bahnhof entfernt, und so konnte er das Pfeifen der Dampfloks immer gut hören. Dieses Geräusch drückte sich wie ein Brandzeichen schmerzhaft in seine kindliche Psyche. Angst, verlassen zu werden.

Diese einfache Behausung einer Holzbaracke bot eine Vielfalt akustischer Reize, die nicht alle beruhigend waren: Lautstarker Streit, Schreie, Hilferufe, Hundegebell und –Gewinsel, Stöhnen, Fluchen, Husten, Seufzen usw. Selbst einen lauten Furz aus der Nachbarschaft konnte man durch diese dünnen Holzwände vernehmen. Geheimnisse mussten lautlos sein.

So war es schon bald kein Geheimnis mehr, dass hier eine Familie lebte, in welcher Hunde geschlachtet und verspeist wurden.

„Do geyhst ma net zum Essn umme!"[2]
war Mutter Anna's Anweisung an Pepperl, diesen Ort

---

[1] „Mama, kommt Anna jetzt nicht mehr?"

[2] „Dort nimmst du kein Essen an!"

zu meiden. Nicht selten gab es Streit zwischen den so eng aufeinander lebenden Menschen mit unterschiedlicher Herkunft.

Die damaligen Zustände in der Dobnerbaracke wurden schließlich als menschenunwürdig und unhaltbar wegen akuter Seuchengefahr bezeichnet. Auch wenn sich die Versorgung mit Nahrung gebessert hatte, so blieben doch die hygienischen Zustände noch dieselben: Plumpsklo, kein Bad, Wasser von draußen holen, Abwasser nach draußen bringen, kochen auf primitiven Einrichtungen. Hände, Körper oder Geschirr unter fließendem Wasser zu reinigen, war nicht möglich.
1953 wurde endlich eine Lösung für die Räumung der Unterkünfte gefunden, und Pepperl wurde ein Leben in einer Villa in Aussicht gestellt.

50er Jahre

In den 50 er Jahren wurde die Teilung Deutschlands in BRD und DDR besiegelt und der Kalte Krieg unter Führung der beiden Supermächte USA und UdSSR nahm zunehmend Gestalt an. Unter Bundeskanzler Konrad Adenauer wurde die Marschrichtung der Bundesrepublik gen Westen festgelegt und der wirtschaftliche Wiederaufstieg Westdeutschlands als „Wirtschaftswunder" bezeichnet. Mit enormem Tempo und großer Emsigkeit wurden die kaputten Städte zubetoniert, um schnellstmöglich Wohnraum für die vielen Flüchtlinge und Vertriebenen zu schaffen.

Man schwärmte für den großen Bruder und Beschützer Amerika und übernahm begeistert alle kulturellen Strömungen aus den USA. Die Rock'n Roll-Ära begann und Bill Haley's „Rock around the clock" brachte die Jugend auch in Deutschland in Schwingung. Petticoat, Jeans und Nierentisch kennzeichneten das Lebensgefühl, modern und endlich mal wieder wer zu sein. Die Jugend war im Party-Fieber, und bei Haus-Partys schallten aus den Plattenspielern die Hits von Bill Haley, Elvis Presley und Peter Kraus. Tanztreff war meist eine Bar mit glitzernder Music-Box, Coca Cola, Whiskey und Wrigleys Kaugummi.
Doch für viele Menschen der älteren Generation hing über dieser „Moderne", die sie teilweise misstrauisch beäugten, das Damoklesschwert eines Atomkrieges.

Der Kalte Krieg hinterließ in Furth im Wald seine Spuren: Eiserner Vorhang zur Tschechoslowakei, Soldaten der amerikanischen Armee und militärische Radartürme am Hohen Bogen, einem nahegelegenen, tausend Meter hohen Berg. Die Stadt hatte aufgrund ihrer unmittelbaren Lage an der Grenze zu Böhmen schon immer unter Kriegsereignissen zu leiden. Der Eiserne Vorhang, aus kommunistischer Sicht als „antifaschistischer Schutzwall" bezeichnet, wurde seit 1951 mit zunehmendem Ausbau zum fast unüberwindbaren Hindernis für Flüchtende.

Das Grenzdurchgangslager Furth im Wald, das Ende 1945 errichtet worden war, bestand als Auffanglager bis 1954, und einige Baracken blieben noch als Wohnlager bis 1957 erhalten. Die meisten Flüchtlinge oder Vertriebenen kamen mit der Eisenbahn in die bayerische Grenzstadt, denn diese lag an der Hauptverbindung Frankfurt-Nürnberg-Pilsen-Prag.

Direkt hinter dem Güterbahnhof lag das größte Auffanglager. Für etwa eine Dreiviertelmillion Menschen war Furth im Wald das Durchgangstor aus der Tschechoslowakei, und viele Vertriebene und Flüchtlinge fanden in der Grenzstadt eine neue Heimat, wie auch die Familie Kaspar.

Perlinger-Villa

Die „Perlinger-Villa", ein viergeschossiger Walmdachbau mit Erkern und Werksteinportal, 1923 in einem sehr massiven, eigensinnigen Baustil errichtet, den man durch seinen Stilmix vielleicht dem Historismus zuordnen könnte, ließ den Reichtum vergangener drei Jahrzehnte noch erahnen. Verzierte, schmiedeeiserne Fenstergitter im Erdgeschoss, die in ihrer Form einem Vogelkäfig glichen sowie das wuchtige Werksteinportal mit einer schweren Eichentüre ließen schon von außen Düsternis erwarten. Durchschritt man diese Türe, befand man sich in einem riesigen Treppenhaus mit verzierten dunklen Holzvertäfelungen an den Wänden, im Zentrum ein schweres Halb-Rondell aus Holz mit Lederpolstern, das über eine Tageslichtkuppel des Daches leicht erhellt wurde.

An den Holz-Kassettendecken mit Intarsien hingen schmiedeeiserne Leuchter mit ebensolchen Figuren, die den Eindruck eines dusteren Rittersaals vermittelten. Über massive Eichentreppen mit dunklem, verziertem Holzgeländer erreichte man über je zwei quadratische Zwischenniveaus die einzelnen Stockwerke der Villa. Das Erdgeschoß war sehr düster und mit jedem Stockwerk, mit dem man sich der Lichtkuppel näherte, wurde es heller.

Die Villa wurde 1945 gleich nach dem Einmarsch von der amerikanischen Besatzungsmacht beschlagnahmt und musste sofort von allen Zivilisten geräumt werden.

Nachdem die Amerikaner dieses Gebäude wieder frei-
gaben, wurde es vorübergehend noch als Dienstsitz des
Grenzpolizeikommissariat Furth im Wald genutzt.

1953 war das Jahr, in dem der Familientross, Vater Josef mit seiner Frau Anna und fünf Kindern in die „Perlinger-Villa" am Stadtplatz, zog. Pepperl empfand die
Villa im Vergleich zur Flüchtlingsbaracke als ein riesiges Gebäude, das ihm auf den ersten Eindruck Respekt
und auch ein wenig Angst einflößte. Spielen direkt vor
der Behausung war nicht mehr möglich, denn man
musste zuerst einmal viele große Treppen im relativ
dusteren Treppenhaus überwinden, bevor man die wär-
mende Sonne auf der Haut spüren konnte. Hinter vielen
dunklen Holztüren im Erdgeschoss und im ersten Obergeschoss verbargen sich Schicksale noch unbekannter
Menschen. Das Herz schlug ihm bis zum Halse, als er
ängstlich und neugierig zugleich alle Winkel des Trep-
penhauses und des kleinen Hofes, den eine hohe Mauer
umgab, erkundete. Vom Hof aus gelangte man in eine
Waschküche, die kalt und unbenutzt schien, und über
zehn Stufen hinab erreichte man den tiefer liegenden
Keller. Dort hin wagte er sich nur in Begleitung seiner
Eltern oder älteren Geschwister, denn dieses Gemäuer
wirkte gespenstisch auf ihn. Mauern kannte er nur von
fremden Häusern, nicht von seiner eigenen Behausung.
Nun konnte er mit der Faust dagegen klopfen, ohne dass
die Wand bebte. Man musste viel lauter schreien, um
gehört zu werden. Und auch die Fenster waren doppelt,

d.h. zwei Fenster hintereinander und dazwischen ein freier Raum, wo man etwas reinstellen konnte. Über den Fenstern gab es eine Oberlichte, die man mit einem Hebel von unten öffnen konnte.

Das also war eine Villa, dachte sich Pepperl und fühlte sich wie ein verwunschener Prinz, der ängstlich und verunsichert durch ein unheimliches Gemäuer schlich.

Die Perlinger-Villa war inzwischen zu einer Massenunterkunft geworden, denn 12 „Parteien" verteilten sich auf dreieinhalb Geschoße. Manch dreiköpfige Familie lebte in nur einem Raum. Die Eigentümerinnen, zwei Töchter des Fabrikanten Perlinger, nicht berufstätig, vermieteten sämtliche Räume der ehemaligen Villa, bis auf zwei Räume, in welchen sie selbst gemeinsam mit ihrem Hündchen „Fiffi" wohnten. In den ersten drei Etagen des Gebäudes gab es jeweils nur ein Gemeinschaftsklo und ein Gemeinschaftsbad für alle Bewohner dieses Stockwerks. Die Mieter des Dachgeschosses hatten weder Klo noch Bad und mussten bis ins erste Obergeschoss, um ihre Notdurft zu verrichten, weil Mutter Anna darauf bestand, dass im zweiten Obergeschoss Bad und Toilette nur den Bewohnern dieses Stockwerks zur Verfügung stünden.

Die beiden Eigentümerinnen Sophie und Resi hatten eine „Luxuswohnung" mit einem wunderschönen, bleiverglasten Erker und echten Stilmöbeln in der gleichen Etage mit Familie Kaspar. Pepperl's Familie hatte stattdessen den Luxus einer Abschlusstüre für ihre Wohnung, in der sich die sanitären Einrichtungen für das zweite Obergeschoss befanden. Diese Wohnung bestand aus einem großen Flur, einem Wohn-Schlafzimmer, einer Küche, einer kleinen Kammer als Kinderzimmer, das auch als Schneiderwerkstatt diente, und den bereits erwähnten „Luxusräumen" Bad und Toilette. Nach heutigem Standard war es kein Luxus, denn warmes Wasser gab es nur, wenn der Badeofen mit Holz oder Kohle beheizt wurde und ein Waschbecken gab es weder im Klo noch im Bad. Die Badewanne musste also auch als Waschbecken fungieren, was für Pepperl schwerwiegende Folgen hatte. Nur die Küche hatte ein Becken, ein Spülbecken mit fließend kaltem Wasser. Wenn man mal fließend warmes Wasser benötigte, musste erst der Badeofen angeheizt werden.

Holz oder Kohle war nicht immer vorhanden und der Versuch, mit Papier und Kartons den Badeofen aufzuheizen, endete oft in einem Fiasko: Das Bad wurde zur Räucherkammer und das kalte Badewasser ein Trainingsmedium für Eistaucher. Aber in der Familie Kaspar gab es ja noch den älteren Bruder Fritz, eine angehende Sanitärfachkraft. Fritz begann die Ausbildung zum Spengler bzw. Installateur, wie man ihn später bezeichnete. Wenn die Wasserversorgung Probleme machte oder ein Wasserhahn tropfte, kam er zum Einsatz. Mit Rohrzange bewaffnet, schaffte er es, aus dem Bad ein Schwimmbad zu basteln und auch das darunterliegende Stockwerk durch die Zimmerdecke mit Wasser zu versorgen.

Der kleine Josef war stolz auf seinen älteren Bruder und hatte überall kundgetan, sein Bruder sei Ingenieur. Die meisten hielten dies eher für unwahrscheinlich und wussten, dass es sich hier um einen Irrtum handeln müsse, bis klar wurde, dass Pepperl ein paar Buchstaben zwischen Installateur und Ingenieur verwechselt hatte. So genau wusste er zu jener Zeit noch nicht, was ein Ingenieur ist, aber für ihn war das irgendwie dasselbe, beides Fremdwörter. Englisch konnte er auch noch nicht, aber er wusste, wie man bei den vorbeifahrenden Jeeps des amerikanischen Militärs um Kaugummi bittet:
„Ami Kewingumm!"

Wie Straßenjungen liefen sie in einer Meute den Jeeps, die täglich über den Stadtplatz Furth im Wald fuhren, hinterher und immer die gleichen Schlagworte rufend „Ami Kewingumm", bis sich einer der Soldaten erbarmte und eine Packung Kaugummis auf die Straße warf, auf der das Bettel-Zauberwort „Chewing Gum" stand.

Fritz schaute sich im Kino gerne Westernfilme an, las Romanheftchen über den Wilden Westen und spielte bevorzugt Cowboy. Als er mal auf den Pepperl aufpassen sollte, fragte er diesen:
„Pepperl, spielma Cowboy und Indianer? Du bist a Bleichgesicht-Bandit und i bin da Winnetou."

Dann fesselte er den Kleinen mit einer Schnur an das Bettgestell und erklärte:

"Du bist eyzt an'n Marterpfahl bundn" [1].

Und mit einem Grinsen im Gesicht verschwand er. Als nach einer viertel Stunde niemand kam, schrie der kleine Josef aus Leibeskräften:

"Fritz! I mog nimma weidaspüln. Hilfe!
I bin a Bandid am Martinspfahl." [2]

Da war sie wieder die Angst, die ihn oft übermannte, wenn Vater und Mutter stritten. Die Angst, sie könnten ihn allein zurücklassen in einem dunklen Raum und niemand würde seine Hilferufe hören. Doch Resi hörte den Kleinen in der Nachbarwohnung schreien und da die Wohnungstüre der Familie Kaspar offen stand, erlöste sie ihn von der Fessel.

"Wer hat dich denn da festgebunden?"
"Mei Bruada, da Fritz, der Winnethund." [3]
"So ein Lump, das sag ich deiner Mama."
Eigentlich hatte Resi das Geschehen schon bald vergessen, aber nach diesem Ereignis weigerte sich der kleine

---

[1] "Jetzt bist du an einen Marterpfahl gebunden."

[2] "Fritz! Ich möchte nicht mehr weiterspielen. Hilfe!
Ich bin ein Bandit am Martinspfahl."

[3] "Mein Bruder Fritz, der Winnethund."

Josef, nochmal Wilden Westen mit seinem älteren Bruder zu spielen.

Sophie und Resi hatten quasi Familienanschluss, wenn die Abschlusstüre zur Wohnung der Kaspars offen war. Nichts konnte den neugierigen Augen der Eigentümerinnen entgehen. Sophie war die Dominante, sozusagen der Feldwebel, auch im Tonfall, Resi die Untergeordnete ohne Durchsetzungsvermögen. Kein Bewerber um die Gunst von Pepperl's Schwestern Annerl und Kathi kam an den beiden Damen vorbei, ohne dass sie ihn nicht bis zur letzten Offenbarung ausgefragt hätten. Kaum hatte ein junger Mann an der Wohnungstüre der Kaspars geklingelt, waren sie schon zur Stelle. Eingeklemmt zwischen ihre beiden üppigen Körper wurde der Neuankömmling bis aufs Blut ausgefragt: Sophie zu seiner Rechten, Resi zu seiner Linken, wurde ihm der Kopf mal in diese, dann in jene Richtung gedreht und mit intimen Fragen bis zum Schleudertrauma bombardiert.

„Was machen Sie beruflich?"

„Wieviel verdient man da?"

„Werden Sie das Annerl heiraten?"

„Wollen Sie Kinder und wie wollen Sie die alle ernähren?"

„Lieben Sie das Annerl oder wollen Sie nur mit ihr ins Bett?"

„Wie gefällt Ihnen Kathi?"

„Jetzt geben Sie schon zu, Sie wollen beide nur ins Bett schleppen!"

Manchmal hatte man den Verdacht, dass die beiden einen Fragenkatalog mit den peinlichsten Fragen der Welt besaßen.

Mutter Anna war eigentlich genauso resolut wie Sophie und schloss immer häufiger die Wohnungstüre ab, bis die beiden Klatschweiber schließlich gezwungen waren, die Toilette im ersten Obergeschoss zu benutzen. Da kehrte in der Wohnung der Kaspars nicht nur mehr Ruhe sondern auch mehr Sauberkeit ein, denn um Hygiene war es bei den beiden Damen nicht sehr bestellt. Weihnachtsgebäck der beiden, das der fast zahnlose Pekinese Fiffi manchmal schon in der Gebäckschale vorgekostet hatte, wurde zum Tabu für die Kinder der Familie Kaspar.

Als Sophie mal einen Kuchenteig angesetzt hatte, war dieser plötzlich verschwunden und Resi hatte sich damit ins Bett verzogen.

„Resi, jetzt gib den Doag her!" [1]

schimpfte Sophie, aber Resi protestierte gegen die dominante Schwester:

„Nein, der bleibt bei mir im Bett."

---

[1] „Resi, jetzt gib den Teig her!"

Das Umfeld der Villa

Der Stadtplatz war das Zentrum der Stadt und die Perlinger-Villa mit ihren vielen, äußerst unterschiedlichen Bewohnern ein Kuriosum. Im unmittelbaren Umfeld befanden sich die meisten wichtigen Einrichtungen, Geschäfte und Gebäude, wie z.B. das Rathaus, das Amtsgericht, der Pfarrhof, die Stadtkirche, der Stadtturm, die Mädchenschule, die Knabenschule, zwei Apotheken, eine Bank, das Hotel zur Post, ein Schuhgeschäft, zwei Optiker und Uhrmacher, ein Foto- und Schreibwarengeschäft, ein Radio/Fernsehgeschäft, zwei Metzgereien, drei Lebensmittelgeschäfte, ein Tabakladen, drei Konditoreien mit Cafe , zwei Bäckereien, ein Eisen- und Spielwarenladen, zwei kleine Läden, ein Schmuckladen und mehrere Wirtshäuser.

Die Kleinstadt Furth im Wald konnte zu ihren „besten Zeiten" mit insgesamt etwa hundert Wirtshäusern, Cafes bzw. Hotels sowie drei Brauereien aufwarten. Es gab auch keinen einzigen Menschen, der in der Stadt verdurstet ist. Ertrunkene gab es aber schon, Betrunkene noch mehr. Mit Essen sah es zu jener Zeit schon weit schwieriger aus.

Doch allmählich wurden die Lebensbedingungen zunehmend besser, auch die Ernährung. Da gab es auch schon mal einen Riebler mit Sauermilch oder mit Fleisch (Siehe Rezept Nr. 3), ein Gericht aus Kartoffeln und Mehl, bei dessen Herstellung viel gerieben bzw. gerubbelt werden musste. Manchmal wurde die Bezeichnung für dieses Gericht auch verbal missbraucht, aber der kleine Josef konnte mit der Zweideutigkeit der Bemerkung

„Way waars heit amol wieda mit am Riebler?" [1]
nichts anfangen.
Eine weitere einfache Mehlspeise waren die sogenannten „Schoarnbladln" (Siehe Rezept Nr. 4).
Das sind dünne Teigfladen, welche der Bäcker aus dem restlichen Brotteig formte, den er im Backtrog zusammengescharrt hatte („zsammgschorrt") und dann in der Resthitze des Backofens trocknete.

Schoarnbladln und Brot kaufte die Familie Kaspar meist beim „Schiaßl-Bäcker" (Bäckerei Schiessl), der sich auf dem Stadtplatz direkt gegenüber der Perlinger-Villa befand. Ein Sohn der Bäckerei, der Schorschi, war ein Schulkamerad und Freund Pepperl's. Mit der Schule hatte es der Schorschi nicht so sehr, denn aufmerksam zuhören war nicht sein Ding. Als er mal wieder zu spät kam, fragte ihn der Lehrer leicht erzürnt:

„Schorschi, warum kommst du schon wieder zu
spät?"
Da fing der Schorschi an zu weinen:
„I mauo sterm! [2]"
„Warum musst du sterben?"

---

[1] „Wie wäre es heute mal wieder mit Reiben oder Rubbeln?"
[2] „Ich muss sterben!"

fragte der Lehrer.

„Mir mayssn alle sterm an da asiatischn Grippe. Des is a
weltweite Seuche. Und de Amerikaner ham in Japan a
no a Atombombm ogwoarfa und eyzt is ah no alles
raditief verseucht."[1]

Wo der Schorschi nur seine Weltkenntnis her hatte?
Irgendwie war der Schorschi seiner Zeit einfach voraus
und mit der Schule wahrscheinlich nur unterfordert.
Manchmal kam er zu den Kaspars, um mit Pepperl
Hausaufgaben für die Schule zu machen. Während die-
ser die gemeinsamen Aufgaben erledigte, erfüllte der
Schorschi seine Mission als Weissager beim Spiel mit
Roserl in deren Puppenküche.

Gegenüber der Perlinger-Villa, direkt neben der „Schi-
aßl-Bäckerei" befand sich das Cafe Rathaus, das Elternhaus von Freund Jörg. Alles was Rang und Namen hatte, verkehrte in diesem Cafe, auch Sophie und Resi verbrachten dort so manchen Abend beim Kartenspielen.
Die große Terrasse des Cafe's war zum Stadtplatz hin
ausgerichtet und somit vom Kinderzimmer der Kaspars
aus gut einzusehen. In den wenigen lauen Sommernäch-
ten ging der Terrassenbetrieb manchmal zu Pepperl's

---

[1] „Wir müssen alle sterben an der asiatischen Grippe. Sie ist
eine weltweite Seuche. Und die Amerikaner haben in Japan
auch noch eine Atombombe abgeworfen und jetzt ist auch
noch alles radioaktiv verseucht."

Freude bis spät in den Abend. Das Gemurmel und Gelächter der Gäste wirkte beruhigend auf ihn und er lauschte mit weit geöffneten Ohren, um einige Gesprächsfetzen zu erhaschen. Warum müssen Kinder mit aller Gewalt so früh ins Bett, wenn sie doch sowieso nicht schlafen können, dachte er bei sich. So gerne wäre er bei den Erwachsenen gesessen und hätte ihren Geschichten und Witzen aufmerksam zugehört. Ganz brav wäre er dabeigesessen und hätte mit ihren Witzen mitgelacht, auch wenn er sie nicht verstanden hätte. So, wie es sich für einen anständigen Jungen geziemt. Doch leider blieb alles beim „Wäre" und „Hätte".

Die Metzgerei Scherbauer am Stadtplatz, die auch einen Gasthof betrieb, hatte oft ein besonderes Angebot, die sogenannte „Bretsuppn" (Wurstsuppe); eine Brühe, die beim frischen Schlachten entstand, wenn Wurst oder Fleisch im Kessel gegart wurde. Pepperl wurde von Mutter Anna oft hingeschickt mit einer Milchkanne, weil es diese vorzüglich schmeckende Suppe für ein paar Pfennige oder manchmal sogar gratis gab.

Bergab in Richtung Burgtor, das ca. 50 Meter tiefer liegt als der Stadtplatz, gab es ein kleines Lädchen, „Schnupftowakladl" (Schnupftabaklädchen) genannt. Die Türe war mit einem Eisenblech verschlagen und nur ein kleines Fensterchen gab Einblick in das Innenleben. Auf dem Ladentisch standen hohe Gläser gefüllt mit Bonbons und hinterm Ladentisch stand Herr Scheubeck, ein glatzköpfiges Männchen, das einen eigenartigen Akzent sprach. In Furth im Wald gab es viele Menschen, die ein „östliches" Kauderwelsch sprachen. Von „eidabibschnochnmol" über „duscheenufklobn" oder „eneschlimmearweit" oder „kutharzumir" bis „ahlegake", alles Ausdrücke mit denen die Kinder meist nichts anfangen konnten.

Herr Scheubeck hatte scheinbar noch einen Nebenberuf als Bader. Er kam auch einmal im Jahr zum Haareschneiden zur Familie Kaspar. Der kleine Josef wurde dann mit einem elektrischen Gerät von Nacken bis zu den Schläfen so kahl geschoren, dass die „Frisur" wieder ein Jahr lang anhielt. Und jeder in der Stadt wusste, welcher „Designer" hier am Werke war.

Süße Weihnachtszeit

Die Vorweihnachtszeit in der Perlinger-Villa war für die Kinder eine Zeit des Wartens. Warten auf Schnee, der sich manchmal schon im November kurz ankündigte, aber sich meist schnell wieder verdünnisierte und Warten auf Süßigkeiten. Pepperl's Lieblingsweihnachtsgebäck waren die „Bärenpratzen" (Siehe Rezept Nr. 5), die seine Mutter backte.

Wenn Mutter Anna die „Weihnachstbäckerei" startete, standen Pepperl und Roserl,, angelockt vom süßen Vanilleduft der Plätzchen, ihr zur Seite und verfolgten neugierig den Weg, den das fertige Weihnachtsgebäck zur Lagerung nahm. Dieses Lager musste für Kinder in unerreichbarer Höhe sein, denn Roserl fand jeden Krümel Süßigkeit, als hätte sie ein eingebautes GPS-Z (Globales Positionsbestimmungs-System für Zucker), und wenn ihr GPS-Z fündig wurde, hinterließ sie einen Ort verwüsteter Leere.

Sechs Tage nach Pepperl's Geburtstag wurde das Warten auf Süßigkeiten schon manchmal ein wenig befriedigt, denn da war Nikolaus. Am Vorabend des 6. Dezember waren auf den Straßen der Stadt so viele furchteinflößende, kettenrasselnde „Knecht Ruprecht" unterwegs, dass sich Kinder kaum auf die Straße wagten. Eigentlich ist der Knecht Ruprecht der Gehilfe des heiligen Nikolaus, aber der Name, in Bayern auch „Krampus" genannt, gilt eher als Kinderschreck. Abgeleitet von" ruhperht", also „rauhe Percht" besteht eher eine

Verbindung zu den „Perchten", die heute noch in einigen Regionen Bayerns gepflegt werden.

Winterliche Umzugsgestalten in dunklen Kutten mit Maske, Rute, Sack und oft auch mit Eisenkette ausgestattet, zogen durch dunkle Straßen und jagten den Kindern Angst ein. Statt Geschenke im Sack zu transportieren und an brave Kinder zu verteilen, wurden Kinder in den Sack gesteckt und sogar manchmal mit der Rute verhauen.

Die Hoffnung auf süße Geschenke lag deshalb auf dem Nikolausabend. Manchmal gab es auch da Überraschungen, weil ein Nikolaus auftauchte, der nichts mitbrachte und stattdessen zu Vater Josef sagte:
        „Way Sepp, gimma a Zigarettn!" [1]

Mutter Anna hatte wohl besonderen Spaß an den Perchten. Egal zu welcher Jahreszeit, wenn die Kinder mal wieder zu laut waren, schlug sie mit einer Eisenkette von außen an die Türe und steckte dann ihren Kopf mit einer Nikolausmaske bekleidet durch die leicht geöffnete Türe. Da schlug das Kinderherz aber höher, wenn auch nur aus Angst. Die Kinder jener Zeit brauchten keine Monsterfiguren in Film und Fernsehen, sie fanden sie in der Gestalt mancher Erwachsenen in ihrer Umgebung.

---

[1] „Komm Josef, gib mir eine Zigarette!"

Sogar aus der heiligen Lucia, die besonders in Schweden Mitte Dezember mit einem Lichterfest gefeiert wird, machten Seppl's Eltern einen Kinderschreck, der in den Raunächten als böser Geist umgeht und immer dann auftritt, wenn die Kinder nicht brav sind.

Nicht selten tauchte eine kettenrasselnde Figur auf, in eine Decke eingehüllt und mit der großen Schneiderschere ausgestattet und jagte die Kinder. Pepperl's Freund Ernstl traute sich aus Angst einmal stundenlang nicht mehr unter dem Bett hervor. Nach diesem Vorfall wagte er sich einen ganzen Winter lang nicht mehr in die Wohnung der Familie Kaspar. Waren Angstattacken der Kinder bei so viel Feinfühligkeit der Eltern nicht eine zwangsläufige Folge?

Vater Josef war Spezialist für Weihnachtsbäume. Er bevorzugte immer die „Roten", das waren Fichten, die er selbst aus dem Wald holte, besonders stachelig und kurznadelig und von „graziös schlanker" Gestalt. Dazu ließ er sich von einem Waldbesitzer bescheinigen, dass er in dessen Wald schlagen dürfe, besorgte das ausgefallene Stück aber meist da, wo er es schnell per Pedes heimholen konnte. Mutter Anna erschien dies manchmal zu schnell, denn Vater Josef fand das seltene Stück meist in der Dunkelheit, ganz diskret versteht sich.
Aber als Schneidermeister wusste er schließlich, wie man das Bäumchen noch fachmännisch aufrüsten und zuschneiden kann. Hier einen Ast entfernen, dort einen

Ast einsetzen, alles mit seinem perfekten Werkzeugkasten, in welchem sich nichts als eine Handsäge, ein Hammer, eine Zange, ein Handbohrer und ein Schraubenzieher befand. „Christbaum schmücken" nannte er dann den Vorgang am Heilig Abend, wenn er den Baum mit Äpfeln, Nüssen, Zuckersternen, Kerzen, Kugeln und Lametta behängte. Er war der Meinung, dass sich die Äste des Baumes nach unten biegen müssten, als Zeichen des Wohlstandes einer Familie. In dieser Meinung bestärkten Pepperl und Roserl ihren Vater, auch wenn das sonst mit wenig Grün ausgestattete Bäumchen ob der schweren Last ein wenig Mitleid verdient hätte.

Am meisten aber gefiel dies Roserl, denn unter Verzicht auf ihr GPS-Z fand sie die ganze Beute direkt vor ihren Augen. Einmal hätte es beinahe zu einem Zimmerbrand geführt, als Roserl heimlich auf der Jagd nach den Objekten ihrer Begierde, der Christbaum mit brennenden Kerzen wegen eines kleinen, mit Schokolade überzogenen Zuckersterns zu Fall brachte.
Weihnachten war für Roserl und Pepperl immer ein Ereignis, das sie kaum erwarten konnten. Einige Tage vor Weihnachten gab es immer ein Haustier, das am Heilig Abend wieder verschwand. Meistens ein Kaninchen, welches die beiden schnell in ihr Herz schlossen. Sie hatten sich immer ganz sehnsüchtig ein Haustier gewünscht und gehofft, es wäre ein Weihnachtsgeschenk. Die Eltern erklärten, der Hase wäre durch irgendein Loch in der Wohnung entschwunden. Tagelang

haben die Kinder dann das Tier mit dem vorher gewählten Namen „Fritzl" oder „Hansi" gerufen und gesucht, ohne zu wissen, dass sie es an den Weihnachtsfeiertagen verspeist hatten. Oft gab es deshalb aber auch Meinungsverschiedenheiten zwischen den beiden.

„Du host den Fritzl lafa laoßn" [1]

warf Roserl dem Pepperl vor. Doch dieser behauptete, der Hase hätte gar nicht Fritzl, sondern „Hansi" geheißen und wäre bestimmt von bösen Menschen geschlachtet und gegessen worden.

Meist gab es für Roserl als Weihnachtsgeschenk Buntstifte mit einem Malheft und für Pepperl eine Schreibtafel mit Griffeln, später dann ein Schulheft mit Füllfederhalter und Strickhandschuhe, Stricksocken oder Strickmütze und für Roserl eine Puppe, die an den darauffolgenden Weihnachten neue Kleider bekam.

Die Augen der Kinder leuchteten vom Schein der Christbaumkerzen, welche auch die wunderschöne Stuckdecke über dem vollbehangenen Weihnachtsbaum in warmem Licht erstrahlen ließen. Wo wahrscheinlich vor 30 Jahren ein Glaslüster hing, sah man nun eine Tütenlampe mit drei Schirmen aus versteiftem Papier in den leicht angeschmorten Farben beigegelb. Weit unter dem Lampenschirm stand das kreativste Möbelstück der 50er Jahre: Ein Nierentisch mit graubraun gesprenkelter

---

[1] „Du hast den Fritzl entlaufen lassen!"

Resopal-Tischplatte. Das Dreisitzer-Sofa, das bequemste Möbelstück im Raum, hatte Vater Josef mit viel Geschick mit braunem Kunstleder bezogen, nachdem der Stoff schon ziemlich abgenutzt war.

Das interessanteste Möbelstück im Raum, das für wohlige Wärme sorgte, war jedoch ein Sägespäne-Ofen aus Eisen. Dieser Ofen bestand aus einem Eisenfass mit ca. 50 cm Durchmesser, das auf Eisenfüßen stand. Ganz unten, vorne an der Zylinderwand war ein Loch für die Luftzufuhr, das verschließbar war und oben, auf der hinteren Zylinderwand kurz unter dem Deckel, das Ofenrohr. Der Deckel musste abnehmbar sein, denn von oben wurden die Sägespäne eingefüllt, rings um einen Holzpfahl, der beim Befüllen in der Mitte des Eisenfasses gehalten wurde, damit ringsherum das Brennmaterial aufgefüllt und festgestampft werden konnte. Dann wurde der Holzpfahl vorsichtig herausgezogen, damit in der Mitte ein runder Schacht freiblieb, durch den Luft strömen konnte. Nachdem der Deckel des Ofens aufgesetzt war, wurde dann die Luftzufuhr-öffnung freigelegt und über diese mit Papier der Brennstoff angezündet.
Die Öffnung für die Luftzufuhr war für die beiden Kinder oft ein Streitobjekt, wer nun eigentlich durch diese Öffnung das Brandgeschehen aus erster Nähe bestaunen dürfe. Dies war nicht ganz ungefährlich, denn in diesem Sägespäne-Ofen gab es nicht selten Verpuffungen, verbunden mit einer kleinen Feuerzunge aus dem Loch für die Luftzufuhr. Doch Roserl hatte ja Erfahrung mit

brennenden Christbäumen und konnte ihrem Bruder beweisen, dass sie schneller am Brandgeschehen war. Sie hatte Glück, dass ihr Wimpernreflex schneller war als die Feuerzunge aus dem Ofen, und sie versengte sich nur Wimpern und Augenbrauen, was sie darin nicht beeinträchtigte, auch weiterhin alles Süße zuerst ausfindig zu machen.

„Des host eyz davo, du neigierige Hehn" [1] polterte er schadenfroh.

„Du bist Schuld, du host me gstaoßn" [2] behauptete sie.

So belebte gelegentlich ein wenig Streit der Geschwister das Weihnachtsfest, aber mit der Bemerkung der Eltern

„Wennds ned glei staad sads, na geyhts ins Bedd" [3]

wurde die Weihnachtsidylle wieder hergestellt.

Ein weiterer Süßigkeits-Event war am 6. Januar, Heilig-Drei-König. Damals sammelten Kinder bei ihren maskierten Auftritten nicht Geld für die Katholische Kirche, sondern etwas für sich selbst, denn der Bedarf an Leckereien war noch lange nicht gedeckt.

---

[1] "Das hast du nun davon, du neugieriges Huhn!"

[2] „Du hast Schuld, du hast mich hingestoßen!"

[3] „Wenn ihr nicht sofort ruhig seid, geht ihr ins Bett!"

„Hascher, hascher, de Heilign Drei Kinne san do, da Kaschba, da Melcher und da Balthasor" [1]

lautete die Aufforderung der Kinder, wenn sie an der Haustüre klingelten oder klopften, um Süßigkeiten zu bekommen. Ob sich „Hascher" auf erhaschen von Süßigkeiten oder auf „arme Hascher", also bedürftige Kinder bezog, die um Süßigkeiten oder Geld bitten, lässt sich nicht mehr erklären. Jedenfalls waren sie als Heilige Drei Könige, Kaspar, Melchior und Balthasar unterwegs. Pepperl als wirklicher Kaspar konnte natürlich nicht schwarz im Gesicht angemalt werden, denn nur Balthasar wurde im Gesicht schwarz geschminkt. Mit Pappdeckelkrone, darunter einem Taschentuch auf dem Kopfe und irgendwelchen Klamotten als „königliches Gewand" und in der Hand einen Besenstiel mit einem Stern aus Silberpapier von Zigarettenpackungen verziert als königliches Zepter, zogen sie los und brachten so manche Süßigkeiten oder Pfennige mit nach Hause. Einmal ließ sich auch Pepperl von seinen Freunden schwarz schminken und prompt bekam er an der Haustüre die Quittung:

„Du bisd do da Kaschba, warum bisd,n du schwoarz ogmolt?" [2]

---

[1] „Hascher, Hascher, die Heiligen Drei Könige sind da, der Kaspar, der Melchior und der Balthasar!"

[2] „Du bist doch der Kaspar. Warum bist du schwarz geschminkt?"

53

Bis Heilig-Drei-König blieb auch der Weihnachtsbaum stehen, obwohl er meist fast keine Nadeln mehr trug. Selbst der Duft nach Tannennadeln oder Fichtennadeln war nur noch zu erahnen. Trotzdem war es für die Kinder ein Trauerakt, sich von ihm zu verabschieden. Die wenigen Zuckerstückchen, die sich in den oberen Zweigen des Baumes befanden und deshalb Roserl's GPS-Z überstanden haben, wurden dann auf die Kinder aufgeteilt. Mit dem 6. Januar begann eine Zeit, in welcher die Süßigkeiten bis Ostern gestreckt werden mussten, quasi eine Art Zucker-Fastenzeit und für Roserl eine Trauerzeit.

Angst

Die Lust auf Süßigkeiten ist bei manchen Kindern nicht zu stillen. Wenn sie in die Pubertät kommen, wird diese oft in andere Richtungen gelenkt. Bei Pepperl's älteren Geschwistern gab es völlig neue Gelüste: Party feiern und dabei Rock'n Roll tanzen!

Da drehte sich eine kleine schwarze Kunststoffscheibe mit dem Titel „Two Hound Dogs" auf einem Koffer-Plattenspieler und sie stampften schwungvoll und polternd im Rhythmus durch den Raum, bis die Nadel des Plattenspielers aus der Rille sprang und quer über die schwarze Scheibe kratzte. Auf dem stabilen Eichenparkett der Villa konnte man sogar mit Pfennigabsätzen noch gut tanzen, was Mutter Anna gar nicht gut fand. Stöckelschuhe ausziehen und in Socken oder Hausschuhen tanzen, wurde dann schon manchmal statt Tanzparty eher eine Rutschpartie.

Vater Josef beobachtete sie oft heimlich, um sie dann bei Gelegenheit nachzuahmen, in dem er wie Rumpelstilzchen durch den Raum hüpfte und mangels Englischkenntnissen statt „hound dog" dabei im Rhythmus „Haunds ob" schrie, was aus dem Bayerischen übersetzt hieß: „Hauen Sie ab!" Irgendwie machte er dabei seinem Namen Kaspar alle Ehre, denn in seiner recht hageren Figur sah er aus wie das tanzende, hüpfende tapfere Schneiderlein. Jahre später wurde er von Pepperl's älteren Geschwistern immer wieder aufgefordert:

„Dadda, zeig uns nochmal,
wie der Rock'n Roll geht!"

Viel Platz zum Tanzen gab es ja nicht, denn das Wohn-zimmer war eigentlich ein Wohn-Schlafzimmer, in wel-chem der Wohnzimmerbereich durch einen Vorhang vom Schlafzimmer der Eltern getrennt wurde. Der Le-bensraum in der Perlinger-Villa war für eine sieben-köpfige Familie immer noch sehr eng, deshalb mussten Fritz und Kathi sogar im Dachgeschoß auf dem Spei-cher schlafen und Annerl auf der Couch in der Küche. Im kleinen Kinderzimmer, das auch als Schneiderwerk-statt diente, befand sich ein Stockbett mit Strohsäcken als Matratzen, auf welchen Pepperl und Roserl ihre Nachtruhe verbrachten. Das Stockbett natürlich von Vater Josef mit seinem aufwändigen Werkzeugkasten erstellt, bestehend nur aus Holz und Nägeln, ein echtes Bio-Bett: Nur Baumwolle, Stroh, Holz und Eisen in einfach verarbeiteter Form.

Auf Grund der Patchwork-Familie mit deinen-meinen-unseren-Kindern gab es oft Spannungen und auch Streit, und Mutter Anna verschwand manchmal spurlos für ein bis zwei Tage. Pepperl litt sehr darunter, bekam Angst-zustände und konnte nachts nicht schlafen. Dunkelheit beängstigte ihn zunehmend und das düstere Gebäude der Villa verstärkte diese Angstzustände.

Nachts war die Villa wie ein Geisterhaus und er hatte Angst, durch das dunkle Treppenhaus zu gehen. Überall wurde an elektrischem Strom gespart, ganz besonders im ohnehin schon dunklen Treppenhaus, wo es pro Etage nur eine äußerst schwache Glühbirne gab, die über eine sehr kurz geschaltete Zeitautomatik als Lichtquelle diente. Selbst wenn man rannte, erreichte man das zweite Obergeschoss nicht, ohne in der Dunkelheit tappen zu müssen. Nicht selten waren die Glühbirnen auch noch kaputt und eine Auswechselung ließ meist auf sich warten. Im stockdunklen Kinderzimmer konnte er nicht einschlafen, bat um Licht oder einen Lichtspalt zum Wohnzimmer, was ihm jedoch meist verwehrt blieb. Panische Angst überkam ihn, wenn alle schon schliefen, nur er nicht. Gleich zwei Turmuhren machten ihn alle fünfzehn Minuten darauf aufmerksam, dass er noch wach lag.

Die Perlinger-Villa war ein Eckgebäude zwischen Stadtplatz und Auffahrt zum Schlossplatz. Dort befindet sich der Stadtturm und gegenüber, unterhalb des Stadtplatzes der Kirchturm. Beide Glockentürme erinnerten in drei Minuten Abstand fünfzehnminütig, wie schnell die Zeit vergeht. Pepperl zählte meist bis nachts drei Uhr die Glockenschläge und morgens, wenn alle anderen ausgeschlafen waren, hatte er seine innere Ruhe erst gefunden. Sobald es Abend wurde und die Dunkelheit hereinbrach, bekam er Angstzustände. Sein Biorhythmus fand in der Familie jedoch kein Verständnis. Im

Gegenteil, man versuchte ihn mit unsinnigen Ratschlägen wie

> „Mach die Augen zu,
> dann kannst du schon schlafen!"

oder

> „Zähl bis Hundert,
> dann schläfst du schon vorher ein!"

zu beruhigen. Aber lesen durfte er bei Licht nicht, wegen des Stromverbrauchs und im Dunkeln zu lesen, ist auch ihm nicht gelungen. Er starrte in die Dunkelheit und wenn still und lautlos alle in tiefem Schlag sich wogen, hörte er sein Herz schlagen und sein Blut rauschen und er bekam Angst.

Es gab so viele Anlässe, um seine Ängste zu schüren. Auf dem Torbogen an der Perlinger-Villa in der Auffahrt zum Schlossplatz war das Bild vom „Schimmel ohne Kopf", das auf eine Sage zurückgeht, in welcher ein gefangener böhmischer Raubritter aus dem damaligen Schloss auf einem Schimmel reitend fliehen wollte, aber das Fallgatter des Wacht-Tores dem Schimmel den Kopf abschlug. Seither würde jede Nacht ein geisterhafter Schimmel über diesen Torbogen springen. Auch wenn Pepperl ihn nie selbst gesehen hat, beunruhigte es ihn, denn ausgerechnet unterhalb der Fenster der Wohnung der Familie Kaspar befand sich der Ort des düsteren Geschehens.

Seine Ängste entwickelten sich regelrecht zu Panikatta-
cken, in welchen er manchmal das Gefühl hatte, jemand
stehe hinter oder neben ihm, besonders wenn er sich
zum Waschen des Gesichtes über die Badewanne beugen musste. Ergebnis: Katzenwäsche.

Nachdem die älteren Geschwister Kathi, Fritz und An-
nerl aus beruflichen Gründen die Familie verlassen hat-
ten, kam ein „Nachzügler" zur Welt. Sie nannten ihn
„Waldemar" und mit diesem Namen wurde immer die
Begründung mitgeliefert:
„Waldemar, weil es im Walde war".

So richtig konnte Pepperl mit dieser Erklärung nichts
anfangen, er lachte einfach mit und wurde deshalb als
viel reifer und „seiner Zeit voraus" eingestuft. Mit dieser Steigerung des Reifegrades wurde aus dem „Pepperl" ein „Seppl" und aus dem Waldemar ein „Waldi".

Diese familiären Kosenamen werden die beiden bis ans
Lebensende tragen müssen, denn auch Annerl, eigentlich Anna, wird noch heute im Familienkreis so bezeichnet, obwohl sie kein Kind mehr ist. Somit weiß
jeder eindeutig, über wen gesprochen wird, und es gibt
keine Verwechslungen. Nur das Nannerl, das schon
lange in Amerika lebt, wird jetzt Anna genannt.

Sichtlich froh darüber, dass das neue Geschwisterchen
ein Junge ist, übernahm Seppl nun im Alter von acht

Jahren eine verantwortungsvolle Aufgabe: Aufpassen auf den kleinen Waldi. Seppl hatte zwar in der Schule schon mal von Kain und Abel gehört und wäre auch beinahe mit dem Zitat herausgeplatzt:

„Bin ich denn der Hüter meines Bruders?".

Aber was Kain dem Abel angetan hat, das verabscheute er gänzlich, wenngleich so manche Stresssituation durch den kleinen Bruder hervorgerufen wurde. Er liebte den kleinen Waldi über alles, aber dieser zeigte nicht die geringste Dankbarkeit, am Leben zu sein. Stattdessen verweigerte dieser die Sauerstoffaufnahme, schreiend ohne Luft zu holen bis er ganz blau im Gesicht wurde, bloß weil er sich wehgetan hat oder weil ihm irgendwas nicht passte. Die Eltern sagten, das sei Jähzorn und man müsste das Kind in diesem Zustand der Lebensverweigerung schocken, in dem man es unter kaltes Wasser hielt. Nicht selten bekam Seppl dabei Angst, man würde den kleinen Waldi damit eher ertränken. Deshalb wandte er diese Methode nicht an, wenn er Aufsicht über das kleine Brüderchen hatte, sondern versuchte es mit einer anderen Ablenkungsmethode: Er hüpfte herum, schrie au-au-au und gab sich ständig selbst Ohrfeigen, und meist hatte er damit Erfolg; Waldi beruhigte sich und schaute verdutzt. Wahrscheinlich hatte dieser schon erkannt, welche Rolle seinem größeren Bruder zugedacht war, nämlich die des „Watschenbaams" [1].

---

[1] Baum, dem man beliebig Ohrfeigen geben kann

Immer, wenn eines seiner Geschwisterchen losheulte, bekam Seppl eine Ohrfeige mit der Begründung: „Du bist der Älteste, du musst am vernünftigsten sein".

Vielleicht geschah dies manchmal zu Recht, aber doch nicht immer. Er war kein Engel und konnte auch manchmal sehr jähzornig sein. Offensichtlich ein familiärer genetischer Defekt. Wenn ihm z.b. ein Haustier verwehrt blieb, konnte er sich so lange weinend auf dem Boden wälzen und sich selbst würgen, bis er merkte, dass er ignoriert wurde. Diese Mißachtung steigerte nicht gerade sein Selbstwertgefühl. Und wenn Roserl's GPS-Z mal wieder mal erfolgreich war und die gefüllte und kurz abgestellte Einkaufstasche der Mutter statt Süßigkeiten für alle nur noch das Papier enthielt, bekam Seppl die obligatorische Ohrfeige.

Sein Bewusstsein für Gerechtigkeit wurde damit häufig in Frage gestellt, auch in der Schule, wenn Mitschüler aus vermögenden Familien regelmäßig bevorzugt wurden. Die ersten vier Jahre in der Schule waren geprägt vom militärischen Drill eines Lehrers, der während des Dritten Reichs Offizier bei der Reichsarmee war. Schläge und andere „Foltermethoden" waren die Züchtigungspädagogik für Fehlverhalten der Schüler.

Schülerinnen gab es in der Knabenschule nicht, denn Mädchen und Jungen wurden in verschiedenen Schulgebäuden unterrichtet. Auch Lehrerinnen gab es keine in der Knabenschule Furth im Wald, dafür umso mehr Schläge. In der ersten Bankreihe saßen die sogenannten „Hosenspanner". Das waren die „Braven", die gehorsamen Untertanen des Lehrers. Sie hatten die Aufgabe, dem „Ungehorsamen", der sich über die Bank beugen musste, die Hosen am Po zu spannen, damit der Schlagstock des Lehrers ungedämmt seine Wirkung entfalten konnte. Seppl erreichte nie die hohe Position eines Hosenspanners, dafür aber versetzte er den Lehrer mit seiner Stimme in Tränen. Er und ein Mitschüler namens Fritz waren die besten Sänger der Klasse und mit dem Lied „Ich hatte einen Kameraden" brachten sie ihren Lehrer auch mal zum Weinen, und Fritz und Seppl wurden Kameraden.

Singen und Turnen, das waren die „Leistungsfächer" der beiden. Alles was mit Bewegung zu tun hatte, war ihnen lieber, als still zu sitzen und zuzuhören. Ihre motorischen Fertigkeiten konzentriert auf eine Schieftafel zu kratzen, verlangte ausgesprochen viel innere Ruhe, aber gerade daran mangelte ihre Bereitschaft. Eine schwarze Schiefertafel, die mit einem Schwamm nicht selten fahrlässig geputzt war und ein oft zu wenig gespitzter Griffel, das waren die Instrumente, die das „Schreibenlernen" ermöglichen sollten. Wer wollte schon ein „Griffelkratzer" sein, wenn es doch viel schönere Varianten kindlichen Daseins gab, z.B. Kasperlspielen. Den Namen Kaspar in die Wiege gelegt, machte auch der kleine Josef diesem Namen alle Ehre, und das nicht nur in der Schule. Er spielte gerne Kasperltheater und das auch noch in einer Doppelrolle: Kasperl und Seppl alla Seppl Kaspar. Freund Werzi hatte ein Kasperltheater mit vielen Figuren und deshalb lud er den Träger der Doppelrolle zu einer Vorführung ein, was allerdings für ihn zum Verhängnis wurde. Als Seppl die Kasperlfigur aus der Versenkung auf die Bühne hob mit der obligatorischen Frage

„Seid ihr alle da?" „Der Kasperl ah?"

saß Werzi direkt vor dem Theater und rief

„Ja und der Seppl ah".

Dann hörte er nicht mehr auf zu lachen, auch nicht, als sich unterm Theater eine Pfütze ausbreitete. Werzi hatte sich vor Lachen in die Hose gemacht.

Seppl beschloss nun, ernstere Rollen zu spielen. Es war ihm ja oft nicht zum Lachen, denn seine Angstzustände wurden massiver. Manchmal überkam ihn plötzlich die Angst, er bekäme keine Luft mehr und müsse sterben. Er horchte in sich hinein, ob sein Herz noch gleichmäßig schlägt oder ob es schon erste Anzeichen für einen baldigen Stillstand gäbe. Als er immer mehr Panik in der Familie verbreitete, suchte man mit ihm einen Arzt auf, der ihm ein Beruhigungsmittel aus der Arznei-Gruppe der Benzodiazepine mit Langzeitwirkung verschrieb. Die Ängste wurden weniger, die Schlaflosigkeit blieb; die Symptome wurden behandelt, die Ursachen der Erkrankung jedoch nicht. Stattdessen aber hatte man eine Abhängigkeit von einer Art Betäubungsmittel als Nebenwirkung geschaffen und eine Erklärung gleich mitgeliefert: „Seppl der Hypochonder".

Einfache Erklärungen und die Anwendung oft unsinniger Hausmittel waren die Rezepte in diesen bescheidenen Lebensverhältnissen, die nicht gerade von emotionalen Liebesbezeugungen sprudelten.

Nur der kleine Waldi zeigte so oft seine besondere Zuneigung. Oder war es die genetische Veranlagung zu einem Feinschmecker, ebenso wie bei seinem größeren Bruder? Immer wenn die Familie bei Tisch war und das Essen aufgetischt wurde, gesellte er sich hinzu und füllte seinen mitgebrachten Nachttopf mit einem Präsent als Geschmacksbeilage. Guten Appetit!

Der besondere Humor

Ich freu mich
wenn's
regnet.

Denn wenn
ich mich
nicht
freue,
regnet's
auch.

Karl
Valentin

D er Onkel Sepp, Mutter Anna's Bruder, machte aus Waldi's Geschmacksbeilage immer einen Witz. Er sagte:

„Der konn mir sogoar beim Essn afn Disch scheissn, na hau erm haychsdns mim Leffl no afn Oarsch und sog erm, moch de net so broad." [1]

Seppl mochte den Onkel Sepp sehr gerne, weil er immer einen Spaß auf den Lippen hatte. Wenn manch einer so gescheit daherredete, wo er schon überall war, dann fragte ihn der Sepp:

„Woarst du a scho in Bamberg?" [2]

Egal wie der „Gscheitlhuber" [3] antwortete, gab es entweder die Antwort:

„Na mayssest du den Meier Willi kenna, der woar a no net in Bamberg"

oder

„Na mayssest du den Meier Willy kenna, der woar a scho in Bamberg". [4]

---

[1] „Der kann mir sogar beim Essen auf den Tisch scheißen, dann hau ich ihm höchstens mit dem Esslöffel noch auf den Hintern und sag ihm, dass er sich nicht so breit machen soll."

[2] „Warst du auch schon in Bamberg?"

[3] „Schlaumeier"

[4] „Dann müsstest du den Meier Willi kennen, der war auch noch nicht in Bamberg" oder „Dann müsstest du den Meier Willi kennen, der war auch schon in Bamberg."

Wenn der Onkel zu Besuch war, da fühlte sich der kleine Josef geborgen und vergaß seine Angstzustände und lachte herzlich über alle Witze, auch wenn er den Sinn oft gar nicht verstand.

Auch Vater Josef hatte eine besondere Art von Humor. Er betrieb gerne Wortspiele. Wenn jemand auf die bayerische Art „Grüß Gott!" grüßte, antwortete er: „Ja, Gries g'hot", was heißen sollte „Ja, Gries gehabt". Dann lachte er verschmitzt, aber meist lachte keiner mit. Mutter Anna konterte dann nur mit der obligatorischen Bemerkung: „Du mit deim beymischn Humor!"[1]„

Vielleicht hatte er sich diesen Humor von Karl Valentin abgeschaut, was durchaus nachvollziehbar wäre, denn er hatte auch dessen Statur. Der Spruch von Karl Valentin „Gar nicht krank ist auch nicht gesund" hätte auch von ihm stammen können und das Valentin-Zitat „Mögen hätt ich schon wollen, aber dürfen hab ich mich nicht getraut" passte auch ganz zu seinem Verhalten. Samstagabend war immer sein Radioabend mit bayerischer Volksmusik und bayerischen Sketchen. Nicht selten ratterte durch den Lautsprecher des Röhrenradios „Ein Wagen von der Linie 8" vom Weiß Ferdl mit dem witzigen Spruch: „Aber Leid lasst's doch d'Leid naus. Lasst'ses halt naus!"[2].

---

[1]„Du mit deinem böhmischen Humor!"

[2]„Aber Leute, lasst doch die Leute raus. Lasst sie doch raus!"

Seppl konnte davon viele nette Ehrentitel, Kosenamen und Komplimente lernen, wie „Oida Depp", „schwindsüchtigs Zigarettenbürscherl", „Rotzlöffl", „narrischer Kampe", „Flitscherl" und „preißische Krampfhenna" [1].

Leider haben ihm in der Schule diese bayerischen Fachwörter keine bessere Deutschnote eingebracht, aber wie prägnant und kurzgefasst bayerische Bezeichnungen sein können, zeigt ja schließlich die „preißische Krampfhenna".

Wenn aus dem Radio eine Sopranstimme aus einer Oper oder Operette erklang, schaltete der Vater „den Radio" auf ganz leise, denn „schrille Töne" wie er sagte, ertrage er nicht, weil er einen Gehörschaden habe.

Der Dadda hörte schlecht auf dem rechten Ohr, besonders wenn Mutter Anna ihm einen Wunsch auf ihre sehr bestimmende Art geäußert hatte. Den Grund für seine Schwerhörigkeit hat er immer ganz stolz mitgeteilt: Er sei beim Militär ein guter Schütze gewesen und bei einer Schießübung hätte so ein Idiot neben ihm ganz dicht an seinem Ohr vorbeigeschossen.

Aber eigentlich konnte man eher den Eindruck haben, dass die Schwerhörigkeit in der Familie Kaspar genetisch bedingt war, denn auch die Kinder hörten nicht gut, wenn die Eltern ihnen einen Auftrag erteilten oder

---

[1] „Alter Idiot", „schwindsüchtiger Zigarettenjunge", „Lümmel", „eitler Idiot", „Flittchen" und „Krampfhuhn, das außerhalb der bayerischen Landesgrenzen aufgewachsen ist".

wenn sie von den Eltern mitten im Spiel gerufen wurden. Aber auf die Schwerhörigkeit vom Vater konnte man sich nicht unbedingt verlassen, denn manchmal hörte er ganz genau, was er nicht hören sollte, wenn hinter seinem Rücken geflüstert wurde. Wahrscheinlich hatte er irgendwelche Klappen im Innenohr, die er je nach Bedarf öffnen oder schließen konnte.

Besonders ambivalent wurden in der Familie seine Berichte über seine sportlichen Aktivitäten in seiner Kindheit aufgenommen, da doch alle wussten, der Dadda hatte es nicht so mit Sport. Aber immer wieder kamen seine Ratschläge auf die Kinder zu, z.B. wie man beim Skifahren bremsen müsse. Nämlich einfach nur den Skistock zwischen die Beine nehmen und mit einer Hebelwirkung die Stockspitze in den Schnee drücken. Nicht selten lachten die Kinder über diesen Ratschlag und fragten, wie viele sich auf diese Weise wohl zweigeteilt haben müssten. Allein der Gedanke, Vater Josef würde in der sportlichen Gestalt von Karl Valentin auf Skiern stehen, war schon Grund genug, sich tot zu lachen.

Kleider machen Leute

Die Familie Kaspar zählte nach wie vor zu den armen Familien, auch wenn Vater Josef seine Kinder immer gut eingekleidet hatte. Das war er seinem Berufsethos als Schneider schuldig. Einmal pro Jahr bekamen Seppl und Waldi aus demselben Stoff einen Anzug geschneidert. Seppl schämte sich oft deswegen, weil das ja zeigte, dass seine Eltern sich nichts von der Stange leisten konnten. Und dann noch der kleine Bruder im selben Tuch, das fand er beschämend, auch wenn viele Erwachsene ganz entzückt vom Anblick im Partnerlook gekleideter Geschwister waren. Am schlimmsten fand er Anzüge mit Knickerbocker-Hose; das war nun wirklich nicht mehr zeitgemäß.

Eines Tages musste er Schuhe anziehen, die wie Mokassins aussahen und von Mutter Anna als „moderne Schlüpfer" (gemeint waren „Slipper") bezeichnet wurden, weil man ohne zu schnüren, einfach reinschlüpfen konnte. Irgendwie kamen ihm die Schuhe aber bekannt vor. In der Schule lachten sie ihn aus, weil er „Deandlschaoh"[1] tragen würde. Seppl wusste jetzt, wo er die Schuhe schon mal gesehen hatte, nämlich bei Annerl. Aber er stritt das gegenüber seinen Mitschülern vehement ab und betonte, dass es „moderne Schlüpfer" seien, in die man nur reinschlüpfen bräuchte. Doch die Schuhe hat er nie wieder angezogen.

---

[1] „Mädchenschuhe"

Schuhe waren in der Familie Kaspar ein besonderes Thema. Wenn Vater Josef mitbekam, dass eines seiner Kinder mit den Schuhen schlurfte, wurde es sofort darauf hingewiesen, dass man mit Schuhen schreitet und sich nicht schleifend bewegt. Dann machte er es vor und sah aus wie ein Storch, der über die Wiese steigt. Er meinte, dass man beim Schlurfen die Sohlen der Schuhe zu schnell abnutzen würde.

Wenn sonntags die Familie Kaspar auf einem Besuch zu irgendwelchen Verwandten über den Stadtplatz spazierte, schritt Vater Josef voraus in eben diesem Storchenschritt, als würde er eine militärische Parade abgeben. Die Mutter hasste es, wenn er sich dann auch noch ständig nach Frauen umdrehte. Aber als Schneider hatte er ja nur ein berufliches Interesse an der Kleidung der Frauen. Außerdem gab es ja noch das Prädikat „Keusch wie Josef" und das müsste doch alles sagen. Beim Sonntagsausflug trug er immer einen weitkrempigen Hut und eine weitgeschnittene Bundfaltenhose mit scharfer Bügelfalte und einen Sakko. Bis auf den Hut, alles selbstgeschneidert, versteht sich.

Vaters Kundschaft waren überwiegend Frauen, denn Männer legten nicht so großen Wert auf maßgeschneiderte Kleidung. In seiner Stammkundschaft gab es eine Frau namens Irma, die ganz häufig kam, sogar mehrmals zum „Ausmessen" wegen eines einzigen Kleidungsstückes. Mutter Anna nannte sie „Irma la Douce", aber Seppl wusste nicht, dass sich dieser Name von einer Filmkomödie mit einer Prostituierten ableitete. Er interessierte sich besonders für das Ausmessen, weil sich dafür die Frauen teilweise entkleiden mussten. In Erwartung seltener An- und Einblicke fragte er seinen Vater:

„Dadda, wann kimmt,n wieda de Irma La Dusch" [1]

Da gab es wieder Streit zwischen Vater und Mutter, was immer häufiger vorkam, weil sie behauptete, er würde seine Arbeit viel zu billig an „die da" verkaufen.

Mutter Anna bat Seppl, die Irma la Douce heimlich ein wenig im Auge zu behalten. Madame La Douce wollte aber nicht, dass er beim Ausmessen zugegen sei, darum spähte der kleine Josef oft neugierig durch das Schlüsselloch, bis er sich eine blutige Nase holte, weil plötzlich die Türe aufging. Nun kündigte er seine Funktion als Detektiv und überließ das Thema Eifersucht seinen Eltern. Diese hatten darin ja genug Übung, besonders Vater Josef.

---

[1] „Papa, wann kommt die Irma La Douce wieder?"

Sport und Spiel

F ür Sport hatte der Vater kein Verständnis, deshalb gab es für den Schulsport nur die allernötigste Ausstattung. Aber Fußball war für Seppl und viele seiner Freunde d i e Freizeitbeschäftigung überhaupt. Leider hatte er keine Fußballschuhe, auch nicht, als er bei der Schülermannschaft des FC Furth im Wald mitspielen durfte. Der Verein stellte ihm deshalb alte, viel zu große Fußballschuhe mit viel zu hohen Stollen zur Verfügung. Sie sahen aus, als hätte sie früher Charly Chaplin getragen und verzweifelt weggeworfen. In diesen Schuhen hatte man das Gefühl, man würde ständig bergauf laufen, und mit ihnen konnte man kein Tor schießen, weil der Schuh fast ausschließlich aus Kappe bestand und jeder Ball unkontrollierte Flugbahnen nahm. Verteidigen konnte man damit auch nicht, weil jeder Gegenspieler an diesen Latschen hängenblieb oder darüber stolperte und der Gegner immer einen Strafstoß bekam. Also wurde Seppl als „Läufer" eingesetzt, wenngleich auch Laufen damit beschwerlich war, da sich die Stollen nach innen durch den Schuh drückten. Mit diesen Schuhen wurde jedes Fußballspiel zur Folter und er konnte deshalb nicht zum Fußballstar in der Bundesliga heranwachsen.

Seppl bevorzugte das Barfußlaufen, sobald die Temperaturen des Frühsommers dies zuließen. Was gab es Schöneres, als mit nackten Füßen nach einem warmen Sommerregen in die Wasserpfützen zu springen oder auf dem Kopfsteinpflaster mit den Zehen in den groben sandgefüllten Fugen des Pflasters zu bohren? Selbst das düstere Treppenhaus in der Perlinger-Villa wirkte nun nicht mehr so angsteinflößend, da die Lichtkuppel genug Licht verströmte, um sogar im Erdgeschoss die dunklen Ecken zu beleuchten, und man konnte barfuß sogar die Faserstruktur der angenehm temperierten Holztreppen spüren.

„Heidenkinder", so lernte er in der Schule, das seien arme Kinder in Afrika, die nicht an Gott glauben, müssten immer barfuß laufen, weil sie keine Schuhe hätten. Sommer, das war die Zeit, da wäre er auch gerne ein Heidenkind gewesen.

Mit den ersten Frühäpfeln des Sommers gab es auch immer eine weitere seiner Lieblingsspeisen, Apfelstrudel (Siehe Rezept Nr. 6). Nicht jeder Apfelstrudel hatte diese Konsistenz, wie der, den seine Mutter backte; nicht zu trocken, aber auch nicht zu matschig, also genau richtig, empfand er.

Sommer war Badezeit. Die Badeanstalt Furth im Wald bestand zu jener Zeit noch aus einem gestauten kleinen Flüsschen, die sogenannte Chamb, einer Liegewiese und Umkleidekabinen in einem Holzgebäude. In diesen Umkleidekabinen verschanzten sich Seppl und seine Freunde manchmal, um durch Astlöcher hindurch nackte Frauenkörper zu betrachten, denn wo sonst hätte man zu jener Zeit diese sehen können. Bei üppigen Busen gab es schon mal Gedränge am Astloch, worauf die

Betrachtete meist mit einem vorgehängten Kleidungsstück der Neugierde ein Ende setzte.

Noch interessanter, weil greifbar, fand Seppl die Fische im gestauten Bach. Mit Handtüchern bewaffnet, ging er mit einem Freund auf Jagd auf Jungfische. Jeder fasste mit beiden Händen je eine Ecke des Handtuches und dann wurden die Fische wie in einem Schleppnetz bis ans Ufer getrieben und konnten dort nicht mehr entkommen. Meist fingen sie kleine Fische von ein bis fünf Zentimetern Länge, die sie dann mit dem Wasser des Baches in ein Glas füllten, um sie mit nach Hause zu nehmen.

Seine Eltern hatten kein Geld oder kein Interesse für ein Aquarium, deshalb blieb nur die Badewanne als Lebensraum für die gefangenen Fischchen. Die Mutter schimpfte, wenn er wieder mit irgendwelchen Tieren nach Hause kam, aber Seppl bestand darauf, dass er auch mal Haustiere haben möchte und bat um eine vorübergehende Unterkunft für seine Fische. Meist hatte sich das Problem schon nach zwei Tagen erledigt, denn die Fische hatten die Badewanne nicht als Lebensraum angenommen und verstarben trotz ausreichender Fütterung. Brotkrümel und auch kleine Fliegen warf er den Fischen zum Fraß vor und er legte auch Steine und Blätter in die Wanne, damit sich die Tierchen wie im Bach fühlen könnten, doch diese verweigerten die Nahrungsaufnahme und verendeten. Er hätte sich doch so sehr ein Aquarium gewünscht.

Sein Wunsch nach Haustieren war grenzenlos. Er schleppte so manches Getier mit nach Hause, z.B. Maikäfer und Schnecken im Schuhkarton. Eines Tages aber war Mutters Geduld überstrapaziert, als sich die Schnecken aus dem Schuhkarton befreit hatten und sämtliche Wände im Badezimmer mit Schnecken und Schneckenschleim verziert waren.

Ab jetzt gab es Hausverbot für Tiere. Da blieb nur noch Fiffi, der Schoßhund der Hauseigentümerinnen. Spielen mit ihm war nicht möglich, denn er war zu dick und so hässlich. Ein Pekinese mit eingedrückter Schnauze, kaum noch Zähne im Maul, dafür aber Basedow-Augen, wie sein Frauchen Sophie. Man konnte ihm nicht mal einen Knochen geben, denn mit nur je einem Zahn im Ober- und Unterkiefer war er damit leicht überfordert. Man konnte mit ihm nur kommunizieren, wenn man ihn ärgerte. Dann fing er an zu bellen und hörte nicht mehr auf. Manchmal saß er im Treppenhaus vor der Wohnungstüre, wenn die beiden Damen außer Haus waren. Man brauchte nicht viel, um eine stundenlange Reaktion in Gang zu setzen, nur auf ihn zurennen und „wau-wau" rufen. Dann konnte man wieder gehen, denn er beschäftigte sich die ganze Zeit alleine weiter mit seinem Gekläffe. Streunen konnte er auch nicht, weil er zu dick und zu unbeweglich war. Seppl und sein Freund Ernstl, der mit Eltern und Oma im Dachgeschoß der Villa wohnte, wollten Fiffi mal zum Streunen motivieren und trugen ihn auf die Straße. Was machte dieser? Rannte zurück zum Portal der Villa, setzte sich vor die geschlossene Haustüre und kommunizierte wieder stundenlang auf seine Weise. Das gab Ärger, als Sophie und Resi nach Hause kamen. Sophie nannte Seppl einen „Oberzigeuner" und behauptete, er sei der Drahtzieher für alle Untaten.

Das stimmte jetzt aber auch wieder nicht ganz. Richtig war schon, dass der „Oberzigeuner" mehr streunen konnte als Fiffi. Er war gerne außer Haus und „streunte" mit Freunden. Nur zu dumm, dass er meist seinen kleinen Bruder Waldi mitschleppen musste. Dieser war ja acht Jahre und zwei Tage jünger als Seppl und nicht für alle Aktivitäten geeignet, schon gar nicht zum „Krieg spielen".

Mit selbst gebastelten Holzschwertern und Pappdeckelhelmen aus Schuhkartons ging man aufeinander los. Wichtig war drohen und weglaufen und dafür war Waldi nicht schnell genug. „Krieg" gab es also nur, wenn Waldi nicht dabei war. Seppl musste sich hochdienen in „Fremdenlegionen" von älteren Freunden, bis er sein eigener „General" mit eigenem Gefolge wurde. Vater Josef nähte im Auftrag der Bundeswehr Schulterklappen für verschiedene Dienstgrade und der Ausschuss mit Fehlern landete dann bei Seppl, der seine „Armee" damit ausstattete. Der kleine Waldi bekam auch einen hohen Offiziersrang, obwohl er gar nicht wusste, was das ist, aber er musste ja irgendwie beschäftigt oder ruhig gestellt werden. Beim Strammstehen und im Gleichschritt marschieren durfte keiner aus der Reihe tanzen, nicht mal der kleine „Oberleutnant Waldi", dem man alles mühsam beibringen musste. Ausgerechnet im Moment höchster Konzentration und Disziplin hörte man dann oft aus einem Fenster der Perlinger-Villa Mutter Anna's Stimme:

„Seppl, hoamgeyh, essn!" [1]

Das war Untergrabung der Autorität des höchsten Generals; schließlich war das „Krieg spielen" kein Spiel, sondern eine sehr ernste Angelegenheit, wie man aus kriegsverherrlichenden US-Filmen und Landser-Heften wusste, in welchen Kriege auf Heldengeschichten von Soldaten reduziert wurden. Starke Männer und Heldentum, das gehörte zusammen.

1959 wurde ein Antikriegsfilm von Bernhard Wicki in der 20 km entfernten Stadt Cham gedreht. Der Film „Die Brücke" handelt vom 27. April 1945, als amerikanische Panzer vor einer Brücke, die in die Stadt führt, auf sieben deutsche Soldaten stoßen – Sechzehn- und Siebzehnjährige, die erst Tage zuvor aus der Oberschule

---

[1] „Seppl, komm nach Hause zum Essen!"

heraus einberufen wurden. Im Kriegsspieleifer der Jugendlichen verteidigen diese die Brücke über den Fluss Regen, attackieren die amerikanische Vorhut und zerstören zwei amerikanische Panzer. Nachdem vier der Jugendlichen zerschossen in ihrem Blut liegen, versucht ein amerikanischer Soldat die drei noch lebenden „Kindersoldaten" wegzuschicken, indem er ihnen zuruft:

„We don't fight kids. Go home, kids! Go home!"

Die von Kriegseifer geblendeten Pimpfe erschießen ihn und sterben schließlich selbst im amerikanischen Kugelhagel. Sinnlose Opfer in einem Krieg, der schon verloren war.

Hätte Seppl schon damals den Film gesehen, wäre ihm wahrscheinlich das „Krieg spielen" vergangen und das soldatische Heldentum hätte er bereits früher mit anderen Augen gesehen. Aber vielleicht ist es besser, wenn Kinder im Spiel etwas ausleben, was sie im Erwachsenenalter nicht mehr nachholen müssen.

Drachenstich

Anfang August war das wichtigste Spektakel angesagt, für welches Seppl und seine Freunde die gesamte Ausstattung von Schwert bis Helm eigentlich geschaffen hatten, der Drachenstich.

Der Drachenstich hat nichts mit zweibeinigen Drachen zu tun, selbst wenn man ältere furienartige Ehefrauen auch in Furth im Wald als Drachen bezeichnet. In Furth im Wald blickt man mit dem Drachenstich auf eine Tradition zurück, die einige Jahrhunderte alt ist und als ältestes Festspiel Deutschlands gilt. In diesem Festspiel wird ein Drache als Symbol für das Böse von einem Ritter als Verkörperung des Guten getötet. Das Drachenblut, nach dem sogar ein Further Bier benannt wurde, galt früher sogar als wunderwirkend. Kein Wunder, wenn man genug von diesem Bier getrunken hatte.

Die Festspieltexte und –Handlungen wurden immer der entsprechenden Zeit oder Epoche angepasst. Nach dem Zweiten Weltkrieg wurde von Josef Martin Bauer ein Text abgefasst, der sich stellvertretend für den Kalten Krieg zwischen Ost und West jedoch historisch auf die Hussitenkriege bezog.

„Heimat, das gibt es nicht mehr…Haus und Stall, das gibt es nicht mehr. Keine Milch mehr für die Kinder…Kein Brot mehr für uns. Kein Dach mehr für den Schlaf…Und keinen Schlaf mehr, weil der Drache durch die Gegen brüllt" waren die Klagen des geflohenen Volkes im Schauspiel. Damals der verlorene Krieg des Kaiserreichs und etwa fünfhundert Jahre später der verlorene Zweite Weltkrieg, damals Flüchtige vor den Brandschatzungen der Hussiten in Böhmen, später die Flüchtlingstrecks aus dem Osten, damals die „Bedrohung" durch eine neue christliche Weltanschauung, später die „kommunistische Bedrohung" aus dem Osten.

Historisch objektiv waren Text und Handlung nicht und deshalb sehr umstritten, aber die Parallelen sind bezeichnend für die Grenzstadt Furth im Wald. Die Festspieltexte waren und sind noch heute von der Grenzlandsituation der Deutschen und Böhmen und den damit verbundenen Ängsten geprägt. Thematisch basiert das Festspiel auf dem Hussitenkrieg und der Niederlage des deutschen Kreuzzugheeres 1431, und man muss es als „Grenzland-Schauspiel" zwischen Deutschen und Böhmen betrachten.

Die Kinder der Nachkriegszeit hatten vom historisch-politischen Hintergrund nichts verstanden und das Festspiel als historische Wahrheit und Ritter Udo als Idol empfunden. Beim Nachspielen des Schauspiels durch die Kinder wollte jeder Knabe „Ritter Udo" sein und jedes Mädchen die „Ritterin", die Herrin des Schlosses.
Eine „Ritterin" gibt und gab es nie wirklich und nicht mal die Jungfrau von Orleans hätte sich als solche bezeichnet, doch in der Grenzstadt Furth im Wald musste

so manches grenzwertig verarbeitet werden, und gerade das zeichnet die Stadt und ihre Bürger aus.

Dieses Volksschauspiel, das zeitgleich mit einem Volksfest verbunden ist, war und ist noch immer der Höhepunkt der Schulferien und für Furth im Wald gewissermaßen die fünfte Jahreszeit. Vier Wochen davor begannen immer die Vorbereitungen auf dem Stadtplatz, direkt neben der Perlinger-Villa. Um die vier großen, im Quadrat angeordneten Kastanienbäume wurde eine Bühne aus Holz gebaut, und dahinter auf dem gesamten Stadtplatz errichtete man Tribühnen. Auf das Kopfsteinpflaster des Stadtplatzes wurden Unmengen Sand verteilt, damit die Pferde mit ihren Hufeisen Halt fanden.

Dann begannen die Proben für das mittelalterliche Spektakel mit Ross und Reitern und vielen Laiendarstellern, und besonders Ritter Udo musste lernen, wie man mit einem Pferd gegen einen Drachen anreitet und diesen mit einer Lanze ins Maul sticht. Voraussetzung für die Rollenbesetzung von Ritter und Ritterin waren vermögende Verhältnisse der Bewerber. Leider hatten aber manche dieser Ritter nicht die entsprechende Reitausbildung und mussten nicht selten bei den Proben den Sand des präparierten Stadtplatzes küssen.

Der Drache, damals noch ein einfaches Monster in dessen Körper ein alter Opel P4 schlummerte und auf dessen Chassis ein riesiges Gestell aus Metall und Stoff in militärischen Tarnfarben mit einem riesigen Maul, langem Schwanz und Flügeln aufgebaut war, musste brüllen, Rauch und Feuer speien und sich fortbewegen können. In dem Ungetüm von 16 Meter Länge und 3 Meter Höhe saßen Männer, die ihn steuerten. Im Maul befand sich eine blutgefüllte Schweinsblase, die Ritter Udo mit der Lanze treffen musste, und auf dem Schädel waren blutgefüllte Viehdärme, die unter Udo's Schwerthieben zerplatzten.

Eine blutige Angelegenheit, die unter dem Jubel der Zuschauer stattfand. Besonders der Drachenkopf litt unter den martialischen Einwirkungen, so dass er häufig erneuert werden musste. Dabei erhielt der Drache jedes Mal einen neuen Gesichtsausdruck und ein Modell schien sogar zu lachen.

Die Kinder bauten sich ihre Drachen aus Holzbrettern, Schnüren, Nägeln und alten Stoff-Fetzen selbst und viele dieser „Monster" sahen erschreckender aus, als das große Vorbild. Schwierig war, einen fahrbaren Untersatz zu finden, aber ein Standmodell aus einem Sägebock, Brettern und Jutesäcken war schon machbar. Seppl hatte auch eine Idee, wie dieser Drache aus dem Maul rauchen könnte: Mit einer Zigarette. Der sogenannte „Drachenmechaniker" sollte eine Zigarette anzünden und dann aus dem Dracheninneren durch das Maul hindurch den vorher eingezogenen Rauch wieder ausblasen. Das schien einleuchtend, nur wie sollte man als Elfjähriger an eine Zigarette kommen und wer sollte der Raucher sein? Sie legten alle ihre Pfennige zusammen und Ernstl erklärte sich bereit, im kleinen Tabakladen mit dem Vorwand,

„der Babba schickt mi" [1]

eine 3er-Packung Salem ohne Filter zu kaufen. Natürlich ohne Filter, weil dabei mehr Rauch entstünde. Als starker Mann den Vater nachzuahmen und im Drachen zu rauchen, traute sich sogar jeder zu. Als erster Raucherzeuger durfte dann auch Ernstl antreten, weil er die Ware ja auch im Laden besorgt hatte. Doch statt zu ziehen, blies er in die angezündete Zigarette. Seppl klärte ihn auf, dass man daran ziehen müsse und dann erst den eingeatmeten Rauch ausblasen kann. Ernstl's erster Zug endete in einem langen Hustenanfall und dann wurde er ganz blass im Gesicht. Helmut und Schorschi wollten nun keine Raucherzeuger mehr werden und so sah er sich gezwungen, ihnen zu zeigen, wie ein starker Mann raucht. Als er den blassen Ernstl aber betrachtete, wollte er auch nicht mehr an der Zigarette saugen, sondern nur noch blasen. Da er doch selbst den Ritter Udo spielen wollte, konnte er doch nicht den Drachen stechen und gleichzeitig aus dem Dracheninneren herausrauchen. Also wurde Helmut als „Drachenmechaniker" mit einer Zigarette in den mit Stoff verhangenen Sägebock geschickt. Drei Minuten geschah nichts. Weder Rauch

---

[1] „Mein Vater schickt mich"

noch Bewegung des Mauls war zu erkennen, und das einzig Auffallende war, dass es irgendwie komisch roch. Dann plötzlich rauchte der Drache, aber nicht aus dem Maul sondern aus dem Bauch und was aus dem Inneren des Drachen tönte, war kein Drachengebrüll sondern ein Hilfeschrei. Helmut hatte mit der Zigarette das Sackleinen zum Glimmen gebracht und der Drache musste nun zerlegt werden, damit Helmut da wieder raus kam.

Ab sofort wurde beschlossen, dass kein Geld mehr für Zigaretten ausgegeben wird und der Drache nicht unbedingt Feuer und Rauch ausstoßen müsse, um gruselig zu wirken. Wichtiger fand man, dass das Drachentöten echt auszusehen hatte und der Drache auch richtig bluten sollte. Doch die Metzgereien rückten kein Blut heraus und das Rot aus dem Deckfarben-Kasten von Schorschi, Ernstl, Helmut und Seppl reichte nur, um ein blasses Rosa zu erzeugen. Außerdem brauchte man viele Deckfarben, um dem Drachen die nötige farbige Außenhaut zu verpassen. Schorschi erzählte, er hätte gehört, dass auch der richtige Drache nur Blut aus zermahlenen roten Ziegelsteinen in Wasser gelöst spucken würde. Das zerschlagen von alten roten Ziegelsteinen mit einem Hammer war noch relativ leicht, das Zermahlen dagegen zeigte sich schon schwieriger. Soviel roten Abrieb hatte die Auffahrt vom Stadtplatz zum Schlossplatz in Furth im Wald lange nicht mehr gesehen. Aber es war ja die Zeit des Drachenstich in Furth im Wald und Drachenblut gehörte eben dazu.

Es hatte sich schnell herumgesprochen, wie man „Drachenblut" herstellt und in allen Stadtteilen in Furth im Wald hinterließen Kinder ihre Drachenblutspuren.

Dieser Mikro-Drachenstich der Kinder passte in den Makro-Drachenstich der Erwachsenen, welcher tausende von Besuchern in die Stadt lockte. Besonders zum historischen Festzug, der auch heute noch am 2. Sonntag im August stattfindet, kamen die Menschen in Strömen in die Kleinstadt. Während des Volksfestes war die Stadt geschmückt mit Fahnen, Lampions und Birkenschmuck und es gilt heute noch der Spruch: So lange der Drache stirbt, lebt Furth im Wald.

Das schrecklichste Ereignis sollte die Stadt 1961 in der Festwoche des Drachenstichs ereilen, als die damalige, noch aus Holz gebaute Festhalle eines Nachts abbrannte. Das war das einzige Jahr, in welchem der obengenannte Spruch seine Wirksamkeit verloren hatte, denn Drachenstechen und Feiern gehörte in Furth im Wald immer zusammen.

Das Schauspiel nach Josef Martin Bauer fand Seppl verbesserungswürdig. Ritter Udo war mit einer viel zu mageren Sprechrolle ausgestattet und käme erst ganz zum Schluss viel zu kurz auf die Bühne, fand er. Wenn dann auch noch der Ritter von magerer Gestalt sei, wäre das Heldentum von Udo geschrumpft zum wortkargen Aufschneider. „Mein schönstes Fräulein" an die „Ritterin" gerichtet, sei als Liebesbezeugung zu knapp und sein hin gebelltes „Nein" auf die Frage des Kardinals an Udo, ob er denn gar nichts fürchte, empfand er als zu einfach. „Zum Drachen gehe ich und sonst niemand" aus dem Munde von Udo war für Seppl irgendwie sogar anmaßend. „Sonst niemand!" Haha! So ein Ritter dürfe doch nicht auf Reiten und Stechen beschränkt werden, der müsse doch mehr zu sagen haben. Darum entwarf er ein eigenes Drehbuch zum Drachenstichspiel mit seinen Freunden.

Dazu brauchten sie aber auch weibliche Darstellerinnen, aber die Auswahl hierzu war nicht sehr groß, denn Jungen und Mädchen in diesem Alter hatten nicht sehr viele gemeinsame Interessen. Während Roserl und ihre Freundinnen auf dem Schlossplatz in Vorhängen, Stores und Schals als „Feen und Prinzessinnen" unter den Lindenbäumen schwebten, waren Seppl und seine Freunde „bewaffnet" mit Schwertern und Papphelmen im militärischen Gleichschritt unterwegs.

Nur der Drachenstich als Spektakel für die ganze Stadt konnte diese beiden gegensätzlichen Interessengruppen vereinen. Seppl als Regisseur und Ritter Udo seines eigenen Drehbuchs wollte nicht seine Schwester als „Ritterin", der er liebevolle Worte zuflüstern könnte, sondern ein anderes Mädchen. Also bekam Roserl die Rolle des „bösen Weibes", welche sie mit Inbrunst spielte und sogar das ganze Jahr über immer wieder probte. Aus dem Toilettenfenster im zweiten Obergeschoss der Perlinger-Villa, die „Garderobe" der Darstellerin, hörte man sie lauthals schimpfen

„Du herzoglicher Halsabschneider, ich hasse dich,
wie die ganze Welt dich hasst!"

Fremde, die den Schauspieltext nicht kannten, blieben oft am Haus stehen und überlegten, ob hier ein Kind in Gefahr sei und ob man da nicht einschreiten müsse.

Seppl's Drehbuch „Der Drachentöter" hatte so viele, neu erfundene Rollen, die aber leider mangels Personal nicht alle besetzt werden konnten. Er hatte sich damit abgefunden, dass es nie zum offiziellen Schauspieldrehbuch der Stadt Furth im Wald werden konnte. Es geriet schon bald in Vergessenheit, denn es gab ja den offiziellen „Kinderdrachenstich", an welchem man sich beteiligen konnte.

Nur Zuschauen beim Drachenstich der Erwachsenen genügte den Further Kindern nicht. Deshalb wurde schon in den 20iger Jahren ein Kinderdrachenstich-Festspiel organisiert mit Ritter, Ritterin und Festzug für Kinder. Ab 1952 wurde es als Märchenspiel mit dem Titel „Der Zauberer und sein Drache" neu inszeniert und auch der Kinderfestzug am 3. Sonntag im August wurde zu einem Märchenfestzug. Viele Kinder der Stadt Furth im Wald beteiligten sich mit Begeisterung, denn es war eine Ehre für ein Kind, hier eine tragende Rolle zu spielen. Seppl begann hier seine Karriere als Zwerg, stieg auf zu einem Teufelchen und endete schließlich in einer Rolle mit langen Sprechpassagen als „Großpapa Steinpilz". Er war stolz, dass er diese Rolle ausüben durfte, denn in der ganzen Stadt begrüßte man ihn nun mit „Hallo Großpapa!"

Der Stadtplatz

Mit der Festwoche des Drachenstichs endete auch das Drachenstichspielen der Kinder. Dann fielen von den Kastanienbäumen am Stadtplatz oft schon die ersten Rosskastanien. Eine Wehmut schlich sich in Seppl's Gemüt, denn bald würden die Ferien enden und sich ein trister Herbst auf die Stadt legen. Als kleines Trostpflaster gab es oft eine weitere seiner Lieblingsspeisen, Zwetschgenknödel (Rezept Nr. 7), Zwetschgen im Kartoffelteig, eine bayrisch-böhmische Süßspeise mit Zimt und Zucker.

Besonders im Spätherbst, wenn sich die Nebel auf die Stadt senkten, wurde die „Further Senke" oft von den Bewohnern der umliegenden Gemeinden als „Nebelloch" bezeichnet. Auch wenn das Zentrum der Stadt auf einem Hügel in ca. 490 m Höhe erbaut ist, so wurde sie eigentlich als Siedlung „Vurte" zum ersten mal 1086 schon als Furt, also eine Untiefe, durch die man einen Fluss oder Bach durchqueren kann, erwähnt. In Furth im Wald vereinigen sich die Bäche „Kalte Pastritz" und „Warme Pastritz" mit der „Chamb" zu einem Flüsschen, das bei Cham in den Regen fließt.

So ist das Bild der Stadt geprägt von einem erhöhten Stadtkern, aus dem sich Stadtturm, Kirchturm, Knabenschule und der Turm der Friedhofskirche herausheben, umgeben von einer Auenlandschaft, welche in ein Mittelgebirge eingebettet ist. Noch beeindruckender muss wohl vor fast zweihundert Jahren das Stadtbild gewesen sein, als sich anstelle des Stadtturms noch ein Schloss befand. Dieses wurde schon im Dreißigjährigen Krieg stark geschädigt und ist dann 1863 bei einem Stadtbrand ganz zerstört worden.

Wie schon erwähnt, war der Stadtplatz - den man auch heute noch als einen der schönsten Stadtplätze im Bayerischen Wald bezeichnen kann - das Zentrum der Stadt Furth im Wald und die Perlinger-Villa für Seppl der Nabel der Welt. Die Mädchenschule befand sich auf dem Schlossplatz, der etwas erhöht oberhalb des Stadtplatzes liegt, und das Eckgebäude zwischen Stadtplatz und Schlossplatz war die Perlinger-Villa. Diese zentrale Lage nutzten Seppl und Ernstl oft, um den Mädchen den Schulweg abwechslungsreicher zu gestalten. Die Villa hatte einen kleinen Innenhof, der durch eine hohe Mauer eingegrenzt war. Hier oben lauerten die beiden auf Mädchen mit Angst vor Spinnen, denn an dieser Mauer gab es massenweise die langbeinigen Weberknechte. Diese konnte man leicht an ihren langen Beinen fassen und auf die Passantinnen werfen. Komisch, dass fast alle Mädchen Angst vor Spinnen hatten, dabei waren diese doch völlig ungefährlich. Schließlich beschwerten sich die Lehrerinnen bei den Lehrern der Knabenschule über die beiden und so musste diese Form der Liebesbekundung gegenüber Mädchen unvermittelt eingestellt werden.

Der Schlossplatz war schon allein wegen der Bezeichnung das Revier der Mädchen. Hier dominierte der Stadtturm, an welchen sich das Stadtmuseum und zwei Gebäude der Mädchenschule anschlossen. Gegenüber befanden sich in einem Halbkreis kleine Gebäude, welche die vier quadratisch angeordneten Lindenbäume in der Mitte des Platzes umringten. Dies war das Terrain der „Prinzessinnen und Feen", wie sich Roserl und ihre Freundinnen empfanden.

Wenn dann im Sommer die Linden in Blüte standen, lockte der süße Duft auch andere Bewohner der Umgebung mit auf den Plan. War es nur der Duft, war es Neugierde oder war es der Platz, der sich außerhalb der Unterrichtszeit als optimaler Spielplatz anbot, dass häufig auch die Jungs vom Stadtplatz hier aufkreuzten.

Waldi fand hier seine Spielkameraden „Helle", „Franze", „Hanse" und „Heinzi", die alle am Schlossplatz wohnten. Manchmal musste der größere Bruder wieder Feuerwehr spielen, wenn der kleine Waldi losheulte, weil ihn seine „bösen" Spielkameraden wieder schikanierten. Er war „halt a bissl bodschert" (patschert), der Kleine, obwohl er doch in Seppl's Armee schon als Offizier diente.

Das größere Revier war jedoch der Stadtplatz, denn damals gehörte dieser nicht den Autos, sondern den Menschen, die sich hier per Pedes bewegten. Der Platz war mit Akazien - eigentlich Scheinakazien, auch Robinien genannt - gesäumt und mit Kopfsteinpflaster belegt, und wenn ein Pferde- oder Ochsenfuhrwerk entlang fuhr, hörte man die ratternden, mit Eisen beschlagenen Holzräder schon von weitem. Die Jeeps des amerikanischen Militärs und die wenigen Autos waren eher am lauten Motor zu erkennen. Hier spielte sich das Leben von Furth im Wald ab.

Am Ostermontag fand jährlich eine Reiter- bzw. Pferdeprozession zu Ehren des Heiligen Leonhard, der sogenannte „Leonhardi-Ritt" statt, bei dem die Reiter und Pferde nach einer Feldmesse unter den Kastanienbäumen vom Stadtpfarrer gesegnet wurden. Dessen dicker Bauch hatte in der Bevölkerung den Spitznamen „Gockerlfriedhof" [1]. Zu jener Zeit waren Hähnchen eine Speise, die sich nicht so oft auf dem Tisch der armen Leute befand.

Ohne kirchlichen Segen ging einfach nichts. Sogar am zweiten Drachenstichsonntag wurden mit Blumen geschmückte Autos, Motorräder und Fahrräder bei einer sogenannten „Christophorusfeier" von prominenten Geistlichen der katholischen Kirche im Rahmen eines Feldgottesdienstes auf der Drachenstichbühne gesegnet.

---

[1] „Hähnchenfriedhof"

Am 30. April wurde in der Mitte des Platzes ein Maibaum aufgestellt, der mit einer Länge von ca. 20 Metern die angrenzenden Häuser überragte. Mit einem Viergespann schwerer Rösser, welchem voraus eine Blaskapelle marschierte, gefolgt von einer Trachtengruppe, wurde der Baum zum Stadtplatz transportiert. Mit Stangen in unterschiedlichen Längen, von denen jeweils zwei mit einem dicken Strick am oberen Ende verbunden waren, hoben kräftige Männer den Baum in ein tiefes Loch, während andere mit schweren Hämmern am unteren Ende des Stammes das Eindringen in das Loch unterstützten. Das war ein kräfteaufreibendes Geschehen und nicht immer funktionierte das Aufstellen des Maibaumes auf Anhieb. Aber wenn der Baum versenkt war, gab es großen Applaus von den Zuschauern. Mit Holzkeilen wurde dann der Stamm in eine senkrechte Position gebracht und danach wurde um den Maibaum getanzt. Die Trachtengruppe, unterstützt von der Blaskapelle, übernahm diese Aufgabe. Auch Seppl und Ernstl durften hier ihre Tanzkünste zeigen; sie waren Mitglieder im Trachtenverein „Die Drachenstädter". Eine Kniebund-Lederhose konnte Vater Josef auf der Schneider-Nähmaschine nicht herstellen, deshalb gab es für Seppl nur eine Stoffhose, die sich beim „Schuhplattln" nicht besonders lautstark hervortat.

Im August wurde und wird hier jährlich der bereits beschriebene Drachenstich aufgeführt und in der Vorweihnachtszeit ein großer Weihnachtsbaum aufgestellt.

Der Stadtplatz als Herz der Stadt ließ auch die Herzen aller Kinder höher schlagen, wenn z.B. an Weihnachten im Spielzeugwarengeschäft Jäger eine Modelleisenbahn im Schaufenster lief oder beim Radio- und Fernsehgeschäft Kögler ein Schwarzweißfernseher im Schaufenster flimmerte.

Sehr oft stand Seppl mit seinen Freunden auf der Bahnbrücke, die sich in der Verlängerung des Stadtplatzes gen Norden in Richtung Friedhofskirche über die Eisenbahnschienen spannte, und bewunderte die dampfenden fauchenden tschechischen Dampfloks, die zum Rangieren außerhalb des Bahnhofs warteten.

Der Grenzbahnhof Furth im Wald wurde durch ein Abkommen der Deutschen Bundesbahn und der Tschechischen Staatsbahn zu einem Betriebswechselbahnhof mit einem Wechsel von Personal und Lokomotiven. Ging es Richtung Prag, wurden tschechische Loks vor die Waggons gespannt, ging es Richtung Nürnberg, kamen deutsche Loks und deutsches Personal zum Einsatz. Man erkannte die tschechischen Lokomotiven an dem roten Stern auf der Stirnseite der Loks und auch an ihrem intensiven Geruch nach verbrannter rußiger Kohle. Nicht selten kam es zum Waldbrand, wenn die qualmenden fauchenden Loks über ein hohes Viadukt Richtung Dieberg durch den Wald mit einem Abschiedspfeifen davonstampften.

Mit dem Pfeifen der Dampfloks verband er immer Wehmut. Wehmut darüber, dass jemand wegfährt, den man mochte oder liebte und man selbst in Trostlosigkeit zurückbleibt. Das Pfeifen der Dampfloks war ihm vertraut aus den Jahren in der Dobnerbaracke, die nahe am Güterbahnhof lag, und es war das Geräusch, mit dem er assoziierte, dass seine beiden älteren Schwestern Ida und Anna die Flüchtlingsbaracke verlassen hatten.

In den Heizungsperioden, die meist von Oktober bis April dauerten, war die Luft geschwängert vom schwelenden Geruch der meist mit Braunkohle beheizten Öfen. Das war der Geruch, der im Herbst den Winter ankündigte. Wenn genug Schnee lag, konnte man im Winter mit einem Schlitten vom Schlossplatz, quer über den Stadtplatz bis hinunter zum Burgtor gleiten, ohne dass man mit einem Auto kollidierte. Selbst Skifahren war sogar inmitten der Stadt möglich, wenngleich man Fahrtechnik und Ausrüstung nicht mit heute vergleichen kann: Holzskier ohne Sicherheitsbindung und an den Kanten so rund wie ein Stock. Bei einem Frontalsturz war die einzige Sicherheit, dass man mit den Socken aus den einfachen Lederstiefeln katapultiert wurde.

Eigentlich war zu jener Zeit das Skifahren eher eine Art Skitragen, denn es gab noch keine Lifte. Zu den jährlichen Oberpfälzer Skimeisterschaften auf dem Gibacht, einen ca. 950 m hohen Berg bei Furth im Wald, musste man erst stundenlang die Skier tragen und hatte dann keine Kraft mehr für das eigentliche „Rennen". Aber es gab auch so gut wie keine Zerrungen aufgrund unterkühlter Muskeln und Gelenke.

Wenn die Schneeschmelze begann und die Bäche ihre dicke Eisschicht in schwimmende Eisplatten verwandelten, mussten die Jungs rechtzeitig zur Stelle sein, um noch auf dicken Eisschollen fahren zu können. Vom Ufer aus eine Eisplatte zu besteigen und sie mit einem langen Stock in Bewegung zu setzen, war ein Unterfangen, das den Kindern von ihren Eltern eigentlich verboten wurde, da es lebensgefährlich war. Aber gerade das Verbotene hatte für Seppl und seine Freunde einen besonderen Reiz. In der südlichen Verlängerung des Stadtplatzes ging es bergab auf den sogenannten „Bayplatz", wo sich die Chamb als Seitenarm in ein fast stehendes Gewässer verwandelte. Hier war das ideale Revier zum Eisschollenfahren. Für Helmut wäre es aber fast tödlich ausgegangen, als er von der Eisplatte abrutschte und unter diese geriet. Mithilfe mehrerer Holzstöcke konnte er rechtzeitig von seinen Freunden aus dem eiskalten Nass gefischt werden. Klitschnass und unterkühlt rannte er nach Hause, was er glücklicherweise in wenigen Minuten erreichen konnte.

Damals gab es noch nicht den Drachensee, der heute zwischen Furth im Wald und Eschlkam die Chamb staut, deshalb standen die Chambauen nach der Schneeschmelze im Frühjahr oft unter Hochwasser. Wenn sich

105

die Wassermassen zurückgezogen hatten, waren in den Wassergräben, welche die Entwässerung der feuchten Wiesen unterstützten, Frösche, Kröten und Molche die Jagdbeute der Jungs. Die Molche übten auf Seppl aufgrund ihres drachenähnlichen Aussehens eine besondere Anziehungskraft aus. Mit der blanken Hand tief durch den Schlamm der Wassergräben ziehen, ohne zu sehen, was sich darunter verbarg, war schon ein kleine Überwindung. Aber meist war die Aktion mit Erfolg gekrönt, denn schnell hatte man einen Molch gefangen. In einem Einmachglas mit Wasser waren dann die Tiere gut zu beobachten und ihre gelb- bis orangefarbigen Bäuche zu bestaunen. Mit nach Hause nehmen durfte er die Tiere nicht mehr, darum wurden sie nach ausreichender Bewunderung wieder ausgesetzt.

Mit dem Ausbleiben des Braunkohlegeruchs in der Luft wurde der Frühling erwartet und mit jedem Sonnenstrahl entfernten sich die Kinder mit ihren Aktivitäten immer weiter vom Stadtplatz in Richtung Osten und Südosten in die Chamb-Auen. Dort bauten sie Laubburgen am Chambufer und „bewaffneten" sich mit selbstgebastelten Pfeil und Bogen. Natürlich gehörte dazu auch ein Lagerfeuer, aber dies brachte ihnen immer Ärger ein. Die Bauern sahen dies gar nicht gerne und vertrieben die Jungs aus ihren illegal gebauten „Festungen".

Das sicherste Terrain für ihr Spiel blieben schließlich doch Schloss- und Stadtplatz, aber als Fußballplatz waren sie nicht geeignet, denn nicht selten klirrte eine Fensterscheibe beim ausgelassenen Fußballspiel und dann gab es wieder Ärger. Seppl hatte hier eine bessere Trefferquote als in der Schülermannschaft des FC Furth im Wald.

Die frühen 60er Jahre

Am 13. August 1961 wurde mit dem Beginn des Baus der Berliner Mauer ein Symbol des Kalten Krieges zwischen den von den USA dominierten Westmächten und dem sogenannten Ostblock unter Führung der UdSSR geschaffen. Der Kalte Krieg spaltete Ost und West und drohte 1962 mit der Kubakrise sich zu einem atomaren Konflikt zwischen den Supermächten USA und UdSSR zuzuspitzen.

Nach dem Einlenken des sowjetischen Machthabers Chruschtschow rückte auch der amerikanische Präsident John F. Kennedy von einer weiteren Eskalation zwischen den Supermächten ab. Seine Ermordung 1963 erschütterte die ganze Welt, und die von ihm erwarteten Reformen wurden durch seinen Nachfolger Lyndon B. Johnson zerstört, denn die USA griffen zunehmend massiv in den Vietnamkrieg ein.

Trotz der kritischen politischen Weltlage entwickelte sich in den Sechzigern die wirtschaftliche Lage besonders in der Bundesrepublik Deutschland zunehmend positiv, so als hätte sich ein Füllhorn aufgetan, welches seine Gaben über den westdeutschen Staat ausschüttete. Das Bruttoinlandsprodukt entwickelte sich von 1960 bis 1965 von ca. 300 Mrd. DM auf ca. 450 Mrd. DM und die Vierzigstundenwoche wurde stufenweise eingeführt.

Auch der Eiserne Vorhang bekam Lücken. 1964 kam es auf Drängen der Wirtschaft und nach langen Verhandlungen mit dem Neubau der Grenzbrücke Furth im

Wald/ Vollmau zu einer stellenweisen Öffnung des Eisernen Vorhangs.

Die Jugend begeisterte sich in den 60ern zunehmend für Pop- und Rockmusik junger Musiker, und es entwickelte sich eine Jugendkultur, die sich von den Erwachsenen und ihren Regeln abzusetzen versuchte.

Die Familie Kaspar hatte zwar noch keinen Fernseher, aber immerhin einen Plattenspieler, und der einzige Zugang zur Musik zu Hause war für Seppl die Schallplattensammlung der älteren Geschwister und der Eltern und das alte Röhrenradio. Abgesehen von den Rock'n Roll-Scheiben der Geschwister waren da nur deutsche Schlager voller Sehnsucht, Abschied und Heimweh zu hören. „Junge, komm bald wieder" von Freddy Quinn, „Ein Schiff wird kommen" von Lale Andersen oder „Weiße Rosen aus Athen" von Nana Mouskouri bewegten die Seelen der von Krieg und Entbehrung geprägten Menschen auf der Suche nach einer heilen Welt.

Doch schon bald wurden auch die deutschen Schlager beschwingter und leichter mit „Zuckerpuppe" von Bill Ramsey, „Schöner fremder Mann" von Connie Francis oder „Schnaps, das war sein letztes Wort" von Willy Millowitsch. Nach deutschsprachigen Cover-Versionen englischsprachiger Titel von deutschen Sängern wie Peter Kraus und Ted Herold wurde schließlich auch englischsprachiger Pop in Deutschland populär und englische Texte wie „My Baby, Baby, balla, balla" von den Rainbows waren auch ohne viel Sprachkenntnisse verständlich. Dem Rock'n Roll folgte der Twist, der aus den USA nach Europa herüberschwappte und zur dominierenden Tanzmusik wurde. Elvis Presley, der King of Rock'n Roll konnte mit „Now or never" auch sanft und softy.

Nach dem Rock'n Roll und Pop kam der Beat, eine Musikrichtung, die von England ausging und vornehmlich durch die Beatles und Rolling Stones geprägt wurde. Mit dem Beat entstand auch eine neue Tanzkultur, die weniger auf Paartanz ausgerichtet und nicht so akrobatisch war, wie Rock'n Roll und Twist, und daher auch leicht zu lernen war. Aber Tanzen war für Seppl zu jener Zeit nicht relevant, seine älteren Geschwister waren ja eher dem Rock'n Roll behaftet und außerdem hatte er auch kaum Zugang zu dieser Musik, denn die Plattensammlung seiner Eltern hatte Beatmusik komplett ausgespart.

Als Seppl dann nach häufigen Anregungen seiner Lehrer mit dreizehn Jahren zur Mittelschule geschickt wurde, fühlte er sich anerkannt in der Mitte der Gesellschaft. Er entschied sich für den technischen Zweig dieser Schule, weil er sich schon immer gewünscht hatte, einmal Ingenieur zu werden. Besonders interessiert hatte er sich für Elektrik, denn seine Basteleien mit elektrischen Geräten waren fast genial.

Sein Freund Jörg, der auf der gegenüberliegenden Seite des Stadtplatzes wohnte, hatte ein Tonbandgerät, Seppl nur einen Lautsprecher. Jörg und Seppl bauten sich ihr eigenes Telefon, indem sie ein Kabel von Fenster zu Fenster quer über den Stadtplatz zogen und als zweite Leitung die Erdung über Heizkörper oder Wasserleitung benutzten. Wenn Jörg an seinem Tonband „umstöpselte", konnte Seppl seinen Lautsprecher entweder als Mikrophon oder als Lautsprecher nutzen. So konnte jeder abwechselnd mal sprechen oder hören. Doch diese geniale Einrichtung wurde nach 2 Tagen zerstört, weil sich Anwohner darüber beschwerten, dass hier etwas hinge, was nicht hingehöre. Dabei hatten die beiden sogar den zwischen den Gebäuden stehenden Kastanienbaum als Pfosten für ihre „Hochspannungsleitung" genutzt, damit das Kabel niemanden behindere.
Genialität in zwei Tagen zunichtegemacht!

Nun verlegten sie ihre Aktivitäten unter die Erde. Der Stadtplatz von Furth im Wald ist von unterirdischen Gängen durchzogen. Die „Felsengänge", wie sie heute genannt werden, stammen noch aus dem späten Mittelalter und wurden als Bierkeller, Verstecke und heimliche Fluchtwege genutzt. Diese unterirdischen Gänge waren nach dem zweiten Weltkrieg teilweise verschüttet, wurden jedoch inzwischen wieder freigelegt und können besichtigt werden. Ob man allerdings noch die Partydekoration von Jörg und Seppl dort vorfindet, ist eher unwahrscheinlich.

Jedenfalls entzogen die beiden sich den kritischen Augen der Erwachsenen und gingen in den Untergrund von Jörg's Elternhaus. Dorthin schleppten sie alte Matratzen, Faschingsgirlanden und mit Kerzen bestückte Lampions für eine Party im Untergrund. Ein Strom-Verlängerungskabel durch die oberirdische Bodenklappe gelegt und schon konnten sie in den Tiefen der Stadt Furth im Wald das Tonbandgerät betreiben und eine wilde Party starten. Ein wenig kühl sei es schon hier unten, meinte Seppl, was Jörg dazu bewog, noch mehr Kerzen zu besorgen, wodurch aber der Sauerstoffgehalt der stickigen Luft nicht gerade erhöht wurde. Der Hauptakt bestand nun darin, Mädchen für diesen kühlen Untergrund zu begeistern. Trotz mehrmaliger Versuche kam es nur zu kurzen Besichtigungen und die wilde Untergrundparty blieb ein Wunschtraum von Jörg und Seppl, ungeachtet der gut ausgewählten Musik aus dem Repertoire der Beatles. Jörg war der einzige, der ein Tonband besaß und viele Mitschnitte von Musik aus dem Radio aufnehmen konnte und sein älterer Bruder Rolf hatte eine große Auswahl an Schallplatten und Tonbändern.

Sündenregister

Das Leben der Menschen in Furth im Wald wurde maßgeblich von der katholischen Kirche geprägt und die Freizeit von Organisationen der katholischen Kirche gestaltet. Auch das schlechte Gewissen wurde mittels religiöser Erziehung gepflegt und nur durch regelmäßiges Beichten konnte man sich dieser psychischen Last entledigen. Seppl kannte die Zehn Gebote auswendig:

>> Ich bin der Herr, dein Gott.

1. Du sollst keine anderen Götter neben mir haben.
2. Du sollst den Namen Gottes nicht verunehren.
3. Du sollst den Tag des Herrn heiligen.
4. Du sollst Vater und Mutter ehren.
5. Du sollst nicht morden.
6. Du sollst nicht ehebrechen.
7. Du sollst nicht stehlen.
8. Du sollst nicht falsch aussagen gegen deinen Nächsten.
9. Du sollst nicht begehren deines Nächsten Weib.
10. Du sollst nicht begehren deines Nächsten Hab und Gut. <<

Zum besseren Verständnis, welche Sünden man so im Alltag begehen kann, gab es den Beichtspiegel. Das war ein Heftchen, das als Hilfsmittel zur Vorbereitung auf die Beichte diente. Da konnte man nachlesen, was man so konkret zu den einzelnen Geboten falsch gemacht hat:

Zum ersten Gebot z.B.:

Bete ich jeden Tag zu Gott? Andächtig?

Gibt es Dinge, die mir wichtiger sind als Gott?

War ich abergläubisch?

Zum zweiten Gebot:

Habe ich geflucht?

Habe ich falsch geschworen?

Habe ich heilige Dinge nicht in Ehren gehalten?

Zum dritten Gebot:

Habe ich jeden Sonntag die heilige Messe mit-
gefeiert?

Habe ich am Sonntag unnötig gearbeitet?

Zum vierten Gebot:

Habe ich meinen Eltern und Lehrern nicht gehorcht?

War ich frech?

Zum fünften Gebot:

Habe ich gestritten?

Habe ich andere geschlagen oder geärgert?

Habe ich Tiere gequält?

Zum sechsten Gebot:

Habe ich schlechte Witze gemacht?

Habe ich schlechte Zeitungen und Filme gerne
angeschaut?

Habe ich unkeusche Berührungen an mir oder
an anderen vorgenommen?

Zum siebten Gebot:

Habe ich gestohlen?

Habe ich betrogen?

Zum achten Gebot:

Habe ich gelogen?

Habe ich andere schlecht gemacht?

Zum neunten Gebot:

    Habe ich am Aschermittwoch und Karfreitag gefastet?

    Habe ich ein Freitagsopfer gebracht?

Zum zehnten Gebot:

    War ich neidisch auf andere?

    War ich stolz oder habe ich angegeben?

    War ich zornig?

    War ich faul, unmäßig beim Essen und Trinken?

    War ich geizig?

Mit den Zehn Geboten konnte Seppl ja gut leben. Ehebrechen war noch nicht drin, Raub und Mord nicht im Programm und seinen Nächsten nicht so lieben, wie sich selbst, das kam auch bei seinen Freunden öfter vor. Aber mit dem Sündenregister eines Beichtspiegels war kein Leben im Paradies mehr möglich; es war eher wie die Vertreibung aus dem Paradies.

Wenn er den dunklen Beichtstuhl der Stadtpfarrkirche Mariä Himmelfahrt betrat und sich vor die vergitterte Holzwand kniete, hinter welcher ein Priester verborgen hinter einem Vorhang saß, dann war er erfüllt von Ehrfurcht und schlechtem Gewissen. Schon die Angst, hinter dem Vorhang würde sein Religionslehrer sitzen, der ihn auf Grund eines großen Sündenregisters mit schlechten Noten bestrafen könnte, war so bedrückend, dass ihm seine Sünden fast entfallen wären. Schon das erste Gebot versetzte ihn in Panik, denn es gab so viele

Dinge, die ihm wichtiger waren als Gott. Und er konnte doch dem Priester nicht beichten, dass er abergläubisch war, weil er geweihte Palmkätzchen gegessen hat, um vor Blitz- und Steinschlag geschützt zu sein. Schließlich war es ein christlicher Brauch, dass jedes Jahr am Palmsonntag in der Kirche die mitgebrachten Palmkätzchen-Sträuße vom Pfarrer mit Weihwasser gesegnet wurden, und auch wenn man ganz hinten saß, wo kein Tröpfchen Weihwasser hingekommen war, galt der Segen als wirksam. Aber vielleicht waren die geweihten Palmkätzchen ja sogar durch den Segen des Pfarrers heilige Dinge?

Eigentlich kommen Kinder doch ganz ohne Aberglauben auf die Welt und werden erst durch die Belehrungen der Erwachsenen abergläubisch oder durch die Erwachsenenvorbilder zur Nachahmung ermutigt.

Geflucht hat Seppl schon auch manchmal, denn das Fluchen war genetisch vorbestimmt. Sein Großvater vom Brandlhof, also Mutters Vater, hat mehr geflucht, als gearbeitet. Seine Mutter Anna hat mit einem „Kreiz-Kruzifix!" gleich doppelt gesündigt und er selbst mit einem „Zefix!" nur angedeutet, dass er zum Fluchen in der Lage wäre. Aber die Großmutter vom Brandlhof hat so viel gebetet, dass die ganze Verwandtschaft dadurch wieder sündenfrei wurde. Trotzdem hat es dem Brandlhof keinen Frieden gebracht.
Seinen Eltern und Lehrern hat Seppl nicht immer gehorcht, weil er ihnen nicht richtig zugehört hat. Gestrit-

ten hat er sich oft mit seiner Schwester Rosi. Tiere hat er eigentlich nicht gequält, sondern sie nur vorübergehend ihrer Freiheit beraubt. Schlechte Witze haben nur die Erwachsenen gemacht und dafür mussten sie dann eben vielmehr beten.

Porno-Zeitschriften und -Filme gab es zu jener Zeit so gut wie keine und „Das Schweigen", ein Schwarzweißfilm von Ingmar Bergmann, 1963 gedreht, kam erst später in die Further Kinos. Bei diesem Film, in welchem eine Koitus-Szene nachgestellt wurde, ging es dem Regisseur um die Auseinandersetzung mit einer gottlosen Welt, in der Schweigen zwischen den Menschen herrscht. Die katholische Kirche verurteilte diesen Film wegen der Koitus-Szene als schamlosen Angriff auf die moralische Würde des Menschen.

Wahrscheinlich hätte man dann auch beichten müssen, dass man diesen Film mit Interesse gesehen hat. Strafmindernd wäre wahrscheinlich die Aussage gewesen, dass man ihn aber nur mit Abscheu betrachtet hat.

Jedenfalls musste man auch verdammt gut aufpassen, dass man beim Pinkeln keine unkeusche Berührung an sich vornahm. Ok, unkeusche Gedanken und Äpfel, Zwetschgen oder Kirschen aus Nachbars Garten stehlen, das musste Seppl schon gelegentlich beichten und dafür dann so einige „Vater-Unser" als Strafe beten.

Die Anleitung zum dritten Gebot „Habe ich am Sonntag unnötig gearbeitet?" hat Seppl gerne vor seinen Eltern zitiert, wenn sie an einem heiligen Sonntag von ihm verlangten, dass er aus dem Keller Holz oder Kohle holen oder nach dem Essen Geschirr spülen sollte. Endlich mal ein handfestes Gebot, das ein klares Verbot enthielt. Sonntagsarbeit.

Gut, dass seine Eltern den Beichtspiegel nicht so gut kannten, sonst hätten sie vielleicht das vierte Gebot zitiert: „Habe ich meinen Eltern nicht gehorcht?"

Mit so vielen Widersprüchen wollte er nicht leben, deshalb haben ihn letztlich im Alter von 16 Jahren Beichtstühle dann nicht mehr interessiert.

Tango

Als Organisationen für die Jugendlichen gab es die Kolpingfamilie und den ND (Bund Neudeutschland), in welchem nur Jungen aus gehobenen und höheren Schulen, also Mittelschulen und Oberschulen bzw. Gymnasien, als Mitglieder zugelassen waren.

Seppl und viele seiner Freunde wurden Mitglieder des ND und engagierten sich für Zeltlager, Sport- und Freizeitveranstaltungen aber auch für Aktivitäten für und in der Kirche. Er war stolz, dass er sogar in der Kirche vorlesen durfte und einmal sogar ministrieren.

Zur Faschingszeit gab es Sketche und Theaterstücke, an welchen er aktiv beteiligt war und er durfte sogar die Rolle des Clowns „Schacki" bei der Clownerie „Schicki & Schacki" spielen, was ihn fast so berühmt wie „Großpapa Steinpilz" machte.
Eigentlich war Seppl ein verspielter Spätzünder, der sich nicht viel aus Mädchen zu machen schien und sich lieber mit Basteln beschäftigte.

Eines Tages brachte Roserl, die inzwischen zur Rosi geworden war, eine Schulfreundin Namens Linda mit nach Hause, und Linda tanzte gerne. Am liebsten Schlangentanz, aber der beeindruckte Seppl gar nicht, denn Schlangen verabscheute er. Linda war sehr aufgeweckt für ihr Alter, was ihn eher verunsicherte. Als sie ein weiteres Mal bei den Kaspars auftauchte, fragte sie Seppl, ob er Tango tanzen könne. Tango? Er hatte schon mal davon gehört, aber Tango tanzen, das war wohl ein Witz. Dann zeigten Linda und Rosi, wie das geht: Zwei Schritte vor, also eher zur Seite und dann einen zurück, also eher seitlich zurück. „Aha", meinte Seppl und zog sich zurück, weil es ihn nicht sehr interessierte und Seitwärtsgehen doch wohl ziemlich unnatürlich sei. Beim nächsten Mal brachte Linda Schallplatten mit deutschen Schlagern mit und Rosi und Linda tanzten „Tango", wie sie ihn nannten. Eigentlich war es ja Slowfox, was weder Seppl noch die beiden Mädchen damals wussten.

Nun wurde Seppl ganz formell von Linda zum Tanz aufgefordert und da er kein Spielverderber war und doch bereit war, etwas dazu zu lernen, machte er mit. Jeder Schritt wurde laut mitgezählt und siehe da, schon bald konnte er „Tango" tanzen. Und Linda schmiegte sich an seinen Körper und legte den Kopf an seine Schulter. Oh dachte er, das muss jetzt aber Liebe sein. Dann zog sie ihn auf das nebenstehende Sofa und setzte zum Kuss an. Seppl erschrak und dachte, sie wolle ihn verschlingen, als sie den Mund beim Küssen öffnete. Aber er wagte nicht zu fragen, warum sie den Mund öffne beim Küssen, denn Linda war ja irgendwie ihrer Zeit voraus und er wollte sich keine Blöße geben. Er fühlte sich wie ein verunsicherter Held, der soeben ein Mädchen erobert hat, aber gerade nicht weiß, was der

Moment von ihm verlangte. Deshalb küsste er sie schamhaft mit geschlossenem Mund und errötete.

Nachdem er dann von einem Freund erfahren hatte, dass dies ein Zungenkuss werden sollte und dass man das macht, wenn Erotik im Spiel sei, da ging er in die Offensive. Auch wenn er diese Art von Kuss nicht bevorzugte, aber wenn es denn sein muss, weil es erotischer ist, dann muss man zeigen, dass man nicht von gestern ist.

Von nun an ging es los: „Partytime" mit Tanzen und Küssen! Linda wurde zum Zugpferd für alle Initiativen, weitere Freundinnen von Linda und Rosi bereicherten die Events und Seppl's Freunde Jörg und Richy kamen mit dazu. Mit der Einführung der „Mini-Mode" wuchs auch sein Interesse am anderen Geschlecht antiproportional zur Rocklänge. Auch Alkohol wurde zum Begleiter bei diesen Partys, wenngleich der Umgang damit wenig erprobt war. Aber ein Bier, das war schon drin, ohne dass man ausfällig wurde, und die Mädchen wagten schon mal ein Gläschen Likör, ohne schwach zu werden.

Die erste größere Erfahrung mit Alkohol machte Seppl bei den Urbans. Er war zum Übernachten bei den drei Brüdern Ronald, Gerhard und Franz eingeladen, weil deren Eltern für zwei Tage verreist waren. Eigentlich war Übernachten nicht aus Gründen großer Entfernung nötig geworden, denn die Urbans waren per Pedes in 5 Minuten erreichbar, sondern aus unvorhersehbaren Gründen alkoholischer Einwirkung zwingend notwendig. Als die Bar der Eltern Urban bis auf kleine Reste reduziert war, kamen Wurfübungen mit rohen Eiern als Alkoholtest auf das Programm. Kaum einer schaffte es, ein rohes Ei aus 5 Metern Entfernung durch das offene Fenster zu werfen. Doch die härteste Übung nach dem Konsum der geistreichen Getränke war, sich in ein Bett zu legen und die Positionen oben-unten-links-rechts zu bestimmen. Liegen ging gar nicht, nur Sitzen und festhalten, da sich das Bett ständig um seine Achse drehte. Wer hätte gedacht, dass so etwas wie Alkohol überhaupt erlaubt sein darf.

Inzwischen war Seppl zu einem Jugendlichen mit breiten Schultern und einer Körpergröße von 177 cm herangewachsen und damit auch fähig, Mutter Anna beim ständigen Umzug innerhalb der Wohnung der Kaspars in der Perlinger-Villa zu helfen.

Vater Josef litt an mehreren Magengeschwüren, welche sich durch seine stressige Arbeit an der Nähmaschine zunehmend verschlimmert hatten. Außerdem reichte das Einkommen eines Schneiders für die Familie nicht, deshalb ging er zum Straßenbau und kam nur am Wochenende nach Hause.

So wurde Seppl zum Handwerker im Haushalt der Kaspars. Mutter's Wunsch nach Abwechslung konnte mangels ausreichender Finanzen eben nur durch ständige Veränderung in der Wohnung befriedigt werden. Möbel verschieben und streichen, wurde zu Seppl's Aufgabe zu Hause.

Um als Manager im Haushalt perfekt zu werden, besuchte er deshalb mit seinen Schulkameraden einen Kochkurs der Mittelschule. Im Nachhinein betrachtet, war es eher ein Grundkurs zum Bedienen von einfachen Küchengeräten und -Utensilien wie Geschirrtuch, Messer, Löffel, Gabel, Kochlöffel, Schöpflöffel, Sieb, Pfanne, Kochtopf, Mixer und Herd. Angeblich soll es sogar noch mehr Kochutensilien geben, aber damals brauchte man keine weiteren, weil es ja nur ein Schnupperkurs war. Ein sehr amüsanter Kurs, bei dem es viel zu lachen gab. Mit diesen, fürs Gröbste ausgestatten Kochkenntnissen, war er immerhin in der Lage, ein Viertel Schlagsahne in Butter zu verwandeln und Wienerwürstchen zum Platzen zu bringen. Da er selbst nicht sehr gerne weiche Semmelknödel aß, versuchte er eines sonntags der Familie seine Kochkünste mit einer eigenen Kreation „Semmelknödel al dente" zu beweisen. Die Knödel hartkochen wie ein Ei, hieß ganz einfach, länger kochen. Das Ergebnis konnte sich sehen lassen und zwar in der Toilettenschüssel als klumpiger Brei, bequem und leicht runterzuspülen.

Nach diesem „sichtlichen" Erfolg überließ er schließlich seiner Mutter weiterhin das Kochen, und nur zum Einkaufen konnte man ihn gelegentlich und gegen seinen Willen überreden.

Die Mehlspeisen seiner Mutter, das musste er sich trotz aller Meinungsverschiedenheiten mit ihr eingestehen, waren alle vorzüglich. Sein hessischer Schwager Walter wünschte sich immer Krautnudeln (Rezept Nr. 8), wenn er mit Schwester Kathi nach Furth im Wald zu Besuch kam. Es gab keine telefonischen Bestellungen vor ihrem Besuch, denn die Familie Kaspar hatte zu jener Zeit noch kein Telefon. Wenn überhaupt, wurden Besuch und kulinarische Wünsche per Brief oder Postkarte angekündigt. Es war auch gar nicht angebracht, Gaumenwünsche zu äußern, denn das besondere ihrer Nudelgerichte war, dass sie den Nudelteig selbst mit viel Aufwand zubereitet hat und das Ergebnis situationsbedingte Geschmacksnuancen implizierte. Walter, ein Süd-Hesse aus dem Raum Wiesbaden und nicht mit kulinarischen Mehlspeisen verwöhnt, mochte die deftige bayrische Küche, und Mutter Anna freute sich, wenn man ihre Speisen zum Leibgericht erhob.

Dass Zwetschgenknödel eines von Seppl's Leibgerichten waren, hatte sie einmal ausgenutzt und ihn herausgefordert, ob er denn genau so viel solcher Knödel essen könne, wie sein Freund Sigi. Dieser hätte angeblich, wie dessen Mutter behauptete, zwanzig Stück davon gegessen.

Es war ja immer ein Hochgenuss, so ein Zwetschgenknödel: Außen Butterschmelze, Semmelbrösel mit Zimt und Zucker auf einem leicht angebräunten Teig-al-dente und innen die saftig-süßen Zwetschgen als Belohnung für jeden Biss.

Bei dem Gedanken, zwanzig solcher Leckerbissen schaffen zu müssen, wurde aus dem kulinarischen Traum eher eine Stopforgie. Mit sechzehn Zwetschgenknödeln musste Seppl aufgeben und sich geschlagen geben. Sigi war der Stärkere und das Thema Zwetschgenknödel für einige Zeit vom Tisch. Es gab ja noch eine Menge anderer leckerer Mehlspeisen, z.B. „Buchterln" mit Vanillesoße (Siehe Rezept Nr. 9) oder „Schopperln" (Siehe Rezept Nr. 10).

Diese Zwetschgenknödel-Rallye hatte fatale Folgen. Dadurch wurde wahrscheinlich sein Magen so ausgedehnt und das Volumen erweitert, dass er künftig noch größere Mengen an Nahrungsmitteln aufnehmen musste. „Zwischendurch" nachmittags schlug er sich gelegentlich mal ein Viertel Sahne, das er dann begierig auslöffelte, quasi als Kaffeesahne ohne Kaffee, zum Kuchen versteht sich. Kaffee durfte er keinen trinken, denn da fing sein Herz an zu stolpern. Offensichtlich war es seiner Pubertät zu verdanken, dass er trotzdem nicht dick wurde, dafür aber wuchsen Pickel in seinem Gesicht, was ihn wieder unsicherer im Umgang mit Mädchen machte.

Von nicht geringer Bedeutung war die Tatsache, dass manche Events des ND immer gemeinsam mit den in der Kolpingfamilie organisierten Mädchen stattfanden. Da schlugen die Herzen der Jungs einfach klangvoller, besonders bei den damit verbundenen Tanzveranstaltungen; Seppl konnte doch jetzt „Tango".

Rehbraunen Augen der Mädchen konnte er einfach nicht widerstehen und Liebe auf den ersten Blick war bei ihm häufig an der Tagesordnung. Um seine Nebenbuhler einzuschüchtern, musste er schließlich auch körperlich präsent, respektabel wirken. So begann er mit dem Kampfsport Judo, trainiert von Jörgs Bruder Rolf. Die Ausrüstung kostete nicht viel Geld, denn man trainierte und kämpfte barfuß und den Judoanzug konnte er günstig als gebrauchtes Modell erstehen. Sein Selbstwertgefühl ob seiner Herkunft war nicht gerade sehr ausgeprägt, denn er hatte immer mehr Respekt vor fremden, unbekannten Gegnern, die selbstbewusst auftraten, obwohl er in der eigenen Sportgruppe anerkannt war.

Seine Ferienjobs brachten ihm ein wenig Taschengeld ein und „Urlaub und Reisen" in den Ferien waren sowieso nur Fremdworte. Der härteste Ferienjob war bei der Firma Bierl, einem Aluschmelzwerk. Von dicken Stromkabeln aus Aluminium und Kupfer wurden in einem großen Feuer die Isolierungen verbrannt, und dann mussten die Kupfer- und Aluminiumdrähte aus der Ummantelung per Hand herausgedreht und sortiert werden. Eine Mark und fünfzig Pfennige war der Stundenlohn für diese rußige, schmutzige Arbeit und Mutter Anna klagte, dass er mehr Geld für Seife und Warmwasser verbrauche, als er für diese Arbeit bekäme. Von gesundheitlichen Beeinträchtigungen ganz zu schweigen.

Sein schönster und verantwortungsvollster Ferienjob war Briefbote bei der Deutschen Bundespost. Schon morgens um 6 Uhr musste man beim Postamt die Briefe sortieren, damit sie in der Reihenfolge der Straßennummern beim Austragen sofort verfügbar waren. Das war nun gar nicht Seppl's Biorhythmus, denn als Nachteule kam er erst so gegen 9 Uhr zu sich. Sortieren konnte er zwar im Halbschlaf, aber aufgeweckten Hausfrauen zu begegnen, die ihm im Bademantel ihre Wohnungstüre öffneten, das versetzte ihn schlagartig in den Wachzustand. Wenn er von den Damen dann noch zu einem Gläschen Schnaps eingeladen wurde, lehnte er mit einer leichten Gesichtsrötung schüchtern ab, denn schließlich hatte ja noch die ganze Tour vor sich und auch keinerlei derartige Erfahrung hinter sich.

Schilder mit der Aufschrift „Vorsicht bissiger Hund" hatte er meist nicht ernst genommen, bis er Auge in Auge vor einem Schäferhund stand, der den Zugang zum Briefkasten versperrte. Seppl war eine Sekunde schneller am Gartentor als der Hund, welcher ihn noch eine ganze Weile hinter dem Gartentor ankläffte, bis der Aushilfsbriefbote seine auf der Flucht ausgekippten Briefe von der Straße wieder eingesammelt hatte.

Vorsicht in jeder Hinsicht war nun seine Einsicht. Mit dieser Einstellung pflegte er nun auch seinen Kontakt zum weiblichen Geschlecht, nach dem Motto: Lieber Zurückhaltung als Vorhaltung!
Eigentlich war es ja eher Enthaltung entsprechend christlicher Tugend, also mehr Tugend als Jugend.

Berufswahl

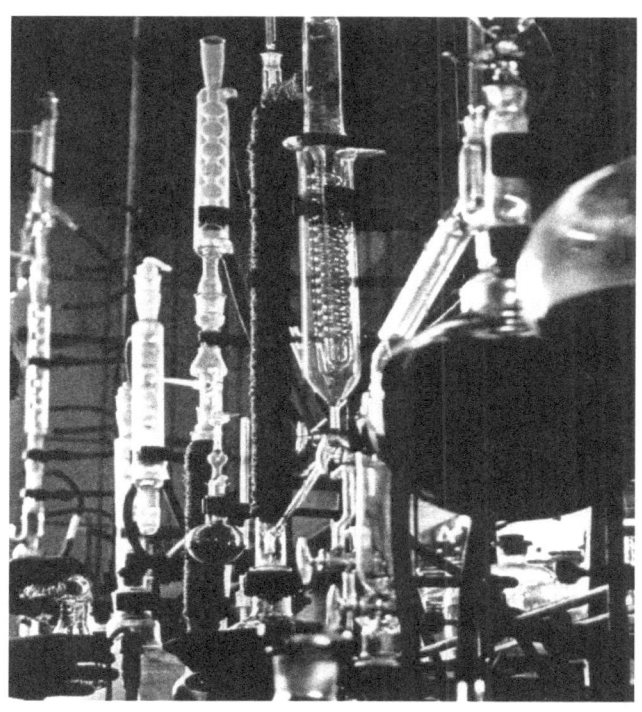

llmählich musste sich Seppl mit dem Gedanken anfreunden, nach Abschluss der Mittelschule eine Ausbildung zu beginnen.

Seine Begeisterung für Elektrik und Elektronik hatte er mit seinen Basteleien ja schon unter Beweis gestellt und ein Ausbildungsvertrag zum Radio- und Fernsehmechaniker wurde ihm sogar in Furth im Wald angeboten.

Aber da gab es noch in seiner Schule den Werbevortrag der BASF für die Ausbildung zum Chemielaboranten. Sehr beeindruckend in einem mit Musik untermalten Werbefilm fand er den spielerischen Umgang mit Reagenzgläsern, den sein Chemielehrer so perfekt nicht beherrschte. Überhaupt war dieser kein Vorbild in Sachen Forschung und Labor. Ein Experiment, das den Schülern einen chemischen Prozess veranschaulichen sollte, endete meist mit der Bemerkung des Lehrers: „Aber gestern hat es doch noch funktioniert!"

Auch sein langjähriger Freund Fritz und andere Klassenkameraden waren vom werbewirksam gestalteten Filmvortrag so sehr begeistert, dass sie sich dazu entschlossen, den Beruf des Chemielaboranten bei der BASF in Ludwigshafen zu erlernen. Experimentieren und Forschen, das war Zukunft!

Der Abschied von seiner geliebten Heimatstadt Furth im Wald rückte näher und mit jedem Tag wurde ihm ban-

ger um sein Herz. Hier war er geboren in einer Flücht-
lingsbaracke und aufgewachsen in einer Villa. Doch die
Zustände in der Perlinger-Villa wurden nicht besser,
obwohl hier nicht mehr so viele Menschen auf engstem
Raum wohnen mussten und sich die wirtschaftlichen
Verhältnisse in Deutschland erheblich gebessert hatten.
Im Gegenteil, das Haus wirkte zunehmend ärmlicher.
Die schmiedeeisernen Leuchter im Treppenhaus ver-
schwanden und an den Decken hingen nur noch die
Fassungen mit Glühbirnen.

Fiffi war inzwischen verstorben, Resi erkrankte an einer
Depression und auch Sophie war nicht mehr vital. Die
Lebensumstände in der Villa hatten sich zu einer „Nur-
Noch-Situation" entwickelt. Die Familie Kaspar war
nur noch mit drei Kindern und bald nur noch mit zweien
in der Perlinger-Villa vertreten, und Vater Josef kam
nur noch am Wochenende nach Hause. Konnte Seppl
alles so zurücklassen oder sollte er seine Entscheidung
nochmal überdenken?

Schließlich hatte er doch hier seine Freunde, die er für
immer verlieren wird. Auch seine „Augensterne", einige
hübsche Mädchen mit rehbraunen Augen, könnte er
dann nur noch aus der Ferne anhimmeln. Er erfüllte
doch nun alle Voraussetzungen für eine Liebesbezie-
hung: Er beherrschte den Zungenkuss, wenn auch mit
wenig Begeisterung für diese Form der Eindringlichkeit.
Er konnte tanzen und hatte dazu auch, im Gegensatz zu

137

manchem seiner Freunde, ein gutes Taktgefühl. Er wusste inzwischen, dass ein Slowfox jedenfalls kein Tango ist, und er tanzte den Twist mit einem Hüftschwung, als wäre er der Hula-Hoop-Weltmeister. Und er konnte Liebesbriefe schreiben, denn für seine Schwester Annerl wurde er zum Ghostwriter an ihre Liebesbeziehungen, weil er ihr in Formulierung und Rechtschreibung weit überlegen war. Hatte er sich denn nicht zum „Macher" in der Familie Kaspar entwickelt?

Am 1. Oktober 1965 bestieg er, einen Koffer in der Hand, mit seinen Freunden Fritz und Dieter einen Bus, der ihn 500 Kilometer weit weg in die „Zukunft" brachte. Er wollte seine Tränen nicht vor seinen Freunden zeigen, aber sein Blick zurück über das Tal der Chamb war verschwommen, durch einen Tränenschleier.

Heimweh

D ie Sehnsucht nach seiner Heimat, der Grenzstadt Furth im Wald, in welcher Seppl so viel Grenzwertiges erlebt hatte, konnte nur dreimal im Jahr gestillt werden, denn drei Freifahrten im Jahr mit der Bahn nach Hause wurden vom Arbeitgeber bezahlt. Er hatte eine Ausbildung in der BASF in Ludwigshafen am Rhein begonnen und wohnte in einem „Lehrlingsheim" in Neustadt an der Weinstraße. Privatsphäre gab es nun überhaupt keine mehr, denn er musste in einem Mehrbettzimmer mit weiteren fünf Jugendlichen schlafen und tagsüber in einem großen Labor arbeiten, Essen gab es nur aus Großküchen. An die große Gemeinschaft konnte er sich ja gewöhnen, nicht aber an das Essen; besonders die leckeren Mehlspeisen seiner Mutter vermisste er sehr.

Er nahm sich vor, die Rezepte für diese Gerichte aufzuschreiben, denn sie sollen nicht verlorengehen. Auch wenn diese Gerichte nicht der Delikatesse-Küche entstammen, so sind sie gerade heute im Zeitalter der Fertiggerichte, der Schnellgerichte bzw. Fastfood und der eiweißreichen Gerichte eine Bereicherung, insbesondere für jene, die gerne mal dem Fleisch entsagen.

Seppl's Jahresurlaub wurde nun aufgeteilt auf drei Termine: Ostern, Drachenstich und Weihnachten, alle in seiner Heimatstadt. Die Reise mit der Bahn dauerte je nach Route meist 12-14 Stunden, aber umso größer war die Erwartung, wieder in vertrauter Umgebung zu leben.

Die vertraute Umgebung gab es jedoch nur noch zwei Jahre, dann zog die Familie Kaspar aus der Perlinger-Villa in eine Wohnung in der Grabenstraße. Das gewohnte Umfeld in der Villa gab es nicht mehr. Viele der Mitbewohner waren ausgezogen, Sophie war verstorben und Resi im Altersheim untergebracht. Auch viele seiner Freunde aus Kindheit und Jugendzeit haben aus beruflichen Gründen Furth im Wald verlassen. War es für Seppl nun an der Zeit, eine neue Heimat zu finden? [1]

---

[1] Nachzulesen unter J.F. Kaspar, Die Tuchfühler
Siehe Hinweis im Anhang!

Drachenstich heute

er Drachenstich, der nach wie vor jährlich im August stattfindet, ist noch heute ein großes Ereignis mit vielen tausenden Besuchern in der Grenzstadt Furth im Wald. 1974 wurde ein neuer Drache auf einem Gabelstaplerfahrwerk mit Hydrauliktechnik gebaut, in dessen Innerem eine Besatzung mit drei bis vier Personen Platz fand, die über Monitor und per Funk mit Bedienern außerhalb in Verbindung standen. Dieser Drache war 19 m lang, etwa 3,5 m hoch und ca. 3 m breit, hatte ein Gesamtgewicht von etwa 9,5 Tonnen und konnte mit den Flügeln schlagen, Feuer und Rauch aus seinen Nüstern blasen, brüllen und Blut speien.

Seit 2010 ist der weltgrößte schreitende Roboter „Tradinno" , abgeleitet von Tradition+Innovation, als gigantischer Drache mit 15,5 m Länge, 3,8 m Breite, 4,5 m Höhe und einer Flügelspannweite von 12 m und einem Gewicht von 11 Tonnen der Mittelpunkt des Festspiels. Er kann nicht nur Feuer und Blut speien, rauchen und brüllen, sondern sogar seine Mimik ändern, den Schwanz heben und auf vier Beinen gehen. Das soll mal einer nachmachen! Mit dem Eintrag ins Guinness-Buch der Rekorde wurde er auch international bekannt.

Das Schauspiel mit 250 Darstellern und der Festzug mit über tausend Mitwirkenden und hunderten von Pferden werden seit 2003 von einem mittelalterlichen Spektakel bereichert, dem „Cave Gladium". Ein riesiges mittelal-

terliches Heerlager mit Schwertkämpfen und Markt-
ständen mittelalterlicher Handwerkskunst ergänzt die
Kulisse des historischen Festes.

Es gilt noch immer das Sprichwort: „Wenn der Drache
stirbt, lebt Furth im Wald".

Epilog

Josef, der nur noch von seinen Geschwistern und langjährigen Freunden „Seppl" genannt wird, findet sich in seinen Träumen noch sehr oft in der Perlinger-Villa: Durch das mächtige Portal über dunkle Treppen gelangt er in eine geheimnisvolle Behausung der Perlinger-Villa, in welcher seine Eltern zurückgezogen ohne Außenkontakt ihr Leben fristen. Eigentlich möchte er, dass sie mehr am Leben teilnehmen, aber sie wollen diese Behausung nicht verlassen.

Hinter diesem Traum steckt der Wunsch, seine Eltern noch am Leben zu wissen. Mutter Anna verstarb an einer schweren Krankheit im Alter von 62 Jahren, Vater Josef, der fast 14 Jahre älter war als seine Frau, verstarb im Alter von 85 Jahren im Krankenhaus nach einer Operation. Die letzten 9 Jahre hat der Dadda sehr unter der Einsamkeit gelitten und sich immer mehr zurückgezogen. Als er nicht mehr die Kraft hatte, in einer Wohnung alleine zu leben, verlor er auch den Lebenswillen, in einem Altersheim auf das Lebensende zu warten.
Zwei Ehefrauen und seine Heimat hatte er verloren.

Acht deine-meine-unsere Kinder hat er aufgezogen, die nun alle verstreut in der Welt lebten: Ida in München, Anna in Amerika, Kathi in Rüsselsheim, Fritz nahe

Esslingen, Seppl nahe Darmstadt, Waldi in Erding. Nur Annerl und Rosi leben noch in Furth im Wald.

Der schnellen Entwicklung der 60er und 70er Jahre konnten die Eltern nicht mehr adäquat folgen: Vater Josef noch im Kaiserreich geboren und zwei Weltkriege überlebt, Mutter Anna nach dem Ersten Weltkrieg geboren und den zweiten Weltkrieg erlebt mit allen Auswirkungen der Nachkriegszeit; zwei Menschen, die unter Krieg und Armut schwer gelitten haben.

Es bleibt nicht aus, dass man Parallelen zur gegenwärtigen Flüchtlingsproblematik sucht und Vergleiche anstellt. Eine Bewertung soll an dieser Stelle nicht folgen, nur vielleicht ein Impuls zum Nachdenken.

Die wichtigste Frage lautet: Was ist existenziell?
Existenziell ist Nahrung und eine sichere Unterkunft, keine Frage. Aber gehört in der heutigen Zeit nun auch der Besitz von Smartphones und Computern zu einem existenziellen Bedürfnis?

Eine weitergehende Frage lautet: Was ist Realität?
Wer kann heute noch unterscheiden, was Wahrheit oder Fake ist, wenn Bilder im Internet von jedem hochgeladen werden können. Sind Nachrichtendienste glaubwürdiger oder sind Zeitschriften und Journale wieder attraktiver geworden im Zeitalter von Cyber-Attacken?

Und eine dritte Frage lautet:

Sind Flüchtlingsströme in Zeiten klimatischer Veränderungen nicht neue Formen von Völkerwanderungen oder gibt es im Zeitalter der Globalisierung keine Völkerwanderungen mehr?

Josef steht an jenem Ort in Furth im Wald, wo sich seine Geburtsstätte befunden haben müsste, die „Dobnerbaracke". In jener Flüchtlingsunterkunft ist er 1947 an einem Adventssonntag geboren und heute fällt es ihm schwer, sich vorzustellen, unter welchen ärmlichen Verhältnissen die Menschen damals den harten Winter zu überstehen hatten. Heute befindet sich hier ein Parkplatz für Autos.

Rezepte der
bayrisch-böhmischen Mehlspeisen

Geleitwort zu den Rezepten

Heute wird viel über gesunde Ernährung geschrieben und das Fernsehprogramm ist voll von Kochsendungen. Ernährung ist zur Lebensphilosophie geworden und „Ernährungspäpste" predigen „artgerechte Ernährung" von vegan über vegetarisch bis fleischreich und kohlehydratarm. Als Autor möchte ich hier keine Ernährungsphilosophie betreiben, nur darauf hinweisen, dass ich selbst zwei Jahre auf Empfehlung einer Ärztin nahezu fleischlos gelebt habe und eine Verbesserung meiner Gelenksentzündungen verzeichnen konnte. In unserer Wohlstandsgesellschaft, deren Küche sehr fleischbetont ist, aber auch sehr vielseitig eiweißreich sein kann, findet jeder „seine" passende Ernährung. Auch wenn Mehlspeisen als kohlehydratreich gelten, so besteht aber gerade in der Qualität selbstgemachter Mehlspeisen die Chance auf eine ausgewogene Ernährung.

Das bayrisch-böhmische Grenzland verfügt über eine unglaubliche Vielfalt an Mehlspeisen, meist kombiniert aus Getreide- und Kartoffelmehl bzw. Mehl mit gekochten Kartoffeln. Die Zubereitung dieser Gerichte war meist sehr aufwändig, dafür aber das Ergebnis sehr schmackhaft. Ohne diese Mehlspeisen hätten viele Menschen die Nachkriegsjahre nicht überlebt, denn ausreichende Mengen an eiweißreicher Nahrung waren nicht vorhanden. Ohne auf die Zukunftsperspektiven von Massentierhaltung oder gentechnisch erzeugtem Fleisch bzw. Insekten als Eiweißquelle der Ernährung einzugehen, möchte ich mit den nachfolgenden Rezepten eine Anregung zum Schmecken und Nachdenken geben.

Rezept Nr.

1	**Einbrennsuppe**
2	**Schmalzkugeln**
3	**Riebler**
4	**Schoarnbladln**
5	**Bärenpratzen**
6	**Apfelstrudel**
7	**Zwetschgenknödel**
8	**Krautnudeln**
9	**Buchterln**
10	**Schopperln**

Rezept Nr. 1

Einbrennsuppe (4 Portionen)
- 1 EL Öl oder Schweineschmalz
- 1 EL Mehl
- 1/2 l Wasser (oder Brühe)
- Salz
- 1 TL Kümmel gemahlen
- 1 EL Majoran
- Evtl. Schwarzbrot (gewürfelt)

Mehl in der Pfanne mit Schweineschmalz oder Öl anrösten bis eine blond-braune Mehlschwitze entsteht, dann mit ½ Liter kaltem Wasser (oder Suppenbrühe) aufgießen. Salz, Kümmel und Majoran dazugeben.
½ Stunde kochen lassen.
Eventuell zur Einbrennsuppe ein verquirltes Ei hinzufügen und mit gerösteten Schwarzbrotwürfeln servieren.

Zusatzinformation
Für die blond-braune Mehlschwitze eignen sich besonders Schmalz oder wasserfreie Pflanzenfette. Diese Fette halten höheren Temperaturen stand, da sie erst ab 180-200°C beginnen zu verbrennen.

Die heiße Mehlschwitze wird mit kalter Flüssigkeit abgelöscht und glattgerührt, denn mit heißer Flüssigkeit können sich Klümpchen bilden.

Das Anrösten von Mehl ist eine nichtenzymatische Bräunungsreaktion, bei der sich unter Hitzeeinwirkung Geschmacksstoffe bilden. Bei der Erhitzung von Stärke, die Hauptbestandteil von Mehl ist, entstehen sogenannte Melanoidine, braun bis schwarz gefärbte stickstoffhaltige Verbindungen, die Farbe, Geruch und Geschmack von Lebensmitteln bestimmen. Die krebserzeugende oder sogar antioxidative und deshalb krebshemmende Wirkung von Melanoidinen konnte bisher nicht abschließend geklärt werden.

Rezept Nr. 2

Schmalzkugeln
- 150 g Schweineschmalz
- 150 g Zucker
- 1 Päckchen Vanillezucker
- 250 g Mehl
- 50 g Speisestärke
- 1 TL Backpulver

Schmalz im Topf erwärmen, bis es flüssig ist und mit Zucker und Vanillezucker schaumig rühren. Mehl, Speisestärke und Backpulver gut mischen, zur gerührten Masse geben und alles gut miteinander kneten. 1 Std. kalt stellen.

Den Teig zu Rollen formen, scheibenweise abschneiden und zu 3cm-4cm große Kugeln drehen. Diese auf vorgefettetes Backblech legen und im vorgeheizten Backofen bei 200°C ca. 10 Minuten backen.

Riebler (auch Zwirl genannt) mit Sauermilch
Ein böhmisches/oberpfälzisches Kartoffelgericht
- 1 kg Kartoffeln gekocht und dann durchgepresst
- 200 g Mehl
- Salz
- Prise Muskatnuss
- Butterschmalz

Die durchgepressten oder geriebenen gekochten Kartoffeln mit Mehl und den Zutaten zwischen den Fingern zu ca. 1-2 cm großen Kugeln zerreiben und diese dann in der Pfanne mit Butterschmalz unter ständigem Wenden goldbraun anbraten.
Der Riebler wird mit Sauermilch serviert.
Man kann ihn auch servieren mit Sauerkraut und Fleisch oder mit Apfelmus.

Zusatzinformation
Riebler kommt von Reiben, d.h. die Kunst eines guten Riebler hängt auch von der Größe der Kartoffel-Mehl-Kugeln ab. Man kann auch eine beschichtete Pfanne benutzen, dafür aber weniger Fett. Die Sauermilch, auch Dickmilch oder Stockmilch genannt, entsteht, wenn in ungekochter Milch bzw. Rohmilch der Milchzucker durch Milchsäurebakterien zur Milchsäure vergärt und durch Ausflocken des Kaseins die Milch dick wird.

Rezept Nr. 4

Schoarnbladln sind eine Spezialität, die noch heute im ostbayerischen Raum angeboten wird. Es sind dünne Teigfladen, welche der Bäcker aus dem restlichen Brotteig formt, den er im Backtrog zusammengescharrt hat („zsamm-gschorrt") und dann in der Resthitze des Back-ofens trocknet. Man kann sie noch in vielen Bä-ckereien kaufen, aber wichtig ist, dass diese Fladen leicht gebräunt und knusprig sind, bevor man sie verarbeitet.

Zubereitung:

Man kann Schoarnbladln auf verschiedene Arten zube-reiten, doch sollten die knusprigen Fladen immer zer-brochen und mit heißem Wasser übergossen werden. Nach kurzem Aufweichen (ca. 5 Minuten) wird das überschüssige Wasser abgegossen. In einer Bratraine wird Butterschmalz erwärmt, in welcher die aufge-weichten Fladen nach mehrmaligem Wenden bei 180 – 200 Grad im Backofen gebacken werden.

In der Zwischenzeit verrührt man Eier mit Milch, Peter-silie, Schnittlauch und Salz (je nach Wunsch auch mit Zwiebeln und Speckwürfeln), gießt das Ganze über die

Schoarnbladln und backt diese weitere 15 Minuten im Backrohr. Fertig sind die Schoarnbladln.

Zusatzinformation

Wenn geriebene gekochte Kartoffeln den Schoarnbladln zugesetzt werden, wird das Gericht auch „Fuchsnfua-der" oder „Fuchsnfaoder", also „Fuchsenfutter" genannt.

Rezept Nr. 5

Bärenpratzen (Weihnachtsgebäck)
(ca. 30 Stück)

- 300 g Mehl
- 250 g Zucker
- 250 g Butter
- 250 g gemahlene Haselnüsse
- 2 Eier
- 1 EL Zimt
- 1 Prise Piment
- 1 Prise Nelkenpulver
- 3 EL Kakaopulver

Eier mit Zucker, Butter und Kakao schaumig rühren, dann gemahlene Haselnüsse und Mehl zugeben und Gewürze unter den Teig mischen, alles gut verkneten und ca. 2 Stunden ruhen lassen.

Den Teig dann etwa 5-8 mm dick in die entsprechenden Bärenpratzenformen (Blechmulden in Form von Bärentatzen) drücken und bei 200°C ca. 10 Minuten goldbraun backen, aus der Form lösen und kühl lagern.

Vor dem Servieren mit Puderzucker bestreuen.

Apfelstrudel (1 Strudel = 4 Portionen)
- 250 g Mehl
- 1 Ei
- 5 EL Öl (Distel- oder Rapsöl)
- 100 ml lauwarmes Wasser
- 70 g Zucker
- 500 g feste säuerliche Äpfel
- 100 g Rosinen (nach Wunsch in Rum eingelegt)
- 1 Prise Salz
- ½ EL Zimt
- Puderzucker
- zerlassene Butter zum Bestreichen
- Sahne zum Übergießen

Mehl in einer Rührschüssel mit Öl, Ei, Salz und etwas Zucker bei Zugabe von lauwarmem Wasser zu einem elastischen, geschmeidigen, leicht glänzenden Teig verkneten und diesen an einem warmen Platz zugedeckt ca. eine halbe Stunde ruhen lassen.
Inzwischen für die Füllung Äpfel schälen, vierteln, Kerngehäuse entfernen und in schmale Scheibchen schneiden, diese in eine Schüssel mit Zimt, Zucker und Rosinen geben.
Den Teig fein ausrollen, jeweils eine 10 cm Fläche mit Butter bestreichen und mit der Füllung belegen (evtl.

noch zusätzlich mit Puderzucker und Zimt bestreuen), dann einrollen und den Vorgang so lange wiederholen, bis der gesamte Teig eine Rolle ist. Dann die Enden einklappen und Strudel in eine passende, längliche Backform legen. Mit zerlassener Butter und Sahne übergießen und bei 180 Grad im vorgeheizten Backofen 1 Stunde backen.

Zwischendurch immer wieder mit zerlassener Butter und Sahne einpinseln, dass der Strudel oben nicht zu trocken wird.
Nach dem Abkühlen mit Puderzucker bestäuben und servieren.

Zusatzinformation

Anstelle des Apfelstrudels kann man auch einen Zwetschenstrudel machen, allerdings benötigt man dann eine enge Backform, weil sonst der Strudel vom Saft der Zwetschgen auseinander läuft.

Zwetschgenknödel   (**4 Portionen**)
Eine böhmisch-bayerische Süßspeise

- 750 g gekochte Kartoffeln
- 250 g Mehl
- 1 Ei
- 150 g Butter
- Salz
- Zimt
- 1kg Zwetschgen
- Würfelzucker
- 10 EL Semmelbrösel

Kartoffeln kochen und abkühlen lassen.

Zwetschgen entsteinen. Gekochte, kalte Kartoffeln schälen und reiben und mit dem Mehl zu einem festen Teig verarbeiten. (Kartoffelteig sofort verwenden, dass er nicht feucht wird!)

Teig in Streifen etwa 7 cm x 10 cm schneiden und in die jeweiligen Teigstücke eine entsteinte, mit einem Würfelzucker gefüllte Zwetschge einrollen und zur Kugel formen.

In einem Topf Salzwasser zum Kochen bringen und die Knödel ca. 5-8 Minuten langsam kochen lassen, bis sie aufsteigen.

Knödel mit einem Schaumlöffel abschöpfen und abtropfen lassen.

Butter in einer Pfanne erhitzen und Semmelbrösel darin goldgelb rösten, Zwetschgenknödel zugeben, in Semmelbröseln wälzen und leicht anbräunen, mit Zimt und Zucker bestreuen und servieren

Krautnudeln aus gebratenen Nudeln
(4 Portionen)
„Gschnittne-brodne Nudeln mit Sauerkraut"

- 500 g Mehl
- 70 g Butter
- 3 Eier
- 1 EL Salz
- 750 ml Milch
- 1 Prise gemahlener Kümmel
- 300 g Sauerkraut
- 50 g Speck

Knetbaren Teig aus Mehl, Eiern, Salz und etwas Milch herstellen und mit zusätzlichem Mehl dünn ausrollen.
Davon 6 cm breite Streifen schneiden (gut bemehlt, dass sie nicht kleben), diese schichten und dann ca. 5-6 mm breite Nudeln abschneiden.
In der gut gefetteten Bratraine die Nudeln gut verteilen und im Backofen bei 200 Grad ca. 20 Minuten goldgelb bis leicht braun backen. Butter und restliche Milch über die Nudeln gießen und weitere 10 Minuten hellbraun backen. Inzwischen Sauerkraut mit feingewürfeltem Speck und einer Brise gemahlenem Kümmel mit Butter in der Pfanne leicht anbräunen und mit den Nudeln vermischen und weitere 5 – 10 Minuten backen.

Rezept Nr. 9

Buchterln, auch Wuchterln bzw. Rohr- oder Ofennudeln genannt (1 Backraine)

- 500 g Mehl
- 1 Hefewürfel
- 70 g Zucker
- 200 ml Milch
- 80 g Butter
- 1 Ei
- 1 Eigelb
- 1 TL Salz
- 1 Päckchen Vanillezucker
- Geriebene Zitronenschale

Vorteig mit Mehl, Hefe, wenig Zucker und etwas Milch herstellen und gehen lassen.
Butter, Zucker, Salz, Zitronenschale, Ei und Vanillezucker durchrühren und in den Vorteig kneten.
Etwa 1 Stunde gehen lassen und dann nochmal durchkneten.
Teig zu einem Strang rollen und gleichmäßig große Stücke abschneiden, die zu Kugeln von etwa 5cm Durchmesser geformt werden.
Butter in einer Backraine schmelzen, Kugeln in der Butter wälzen, nebeneinander in die Backform setzen und restliche Butter drüber gießen. Kugeln in der warm

165

gestellten Backform nochmal etwa 10 Minuten gehen lassen. Eigelb in Milch verrühren und auf die Oberfläche der Kugeln streichen.

Je nach gewünschter Bräune im vorgeheizten Backofen bei 180-200 Grad 25-30 Minuten backen.

Mit Vanillesoße servieren, in welche die noch heißen Buchterln eingebrockt werden können.

Rezept Nr. 10

Schopperln (1 Backraine)

- 200 g Mehl
- ca. 400 g Kartoffeln (gekocht)
- 1 Ei
- Salz
- 80 - 100 g Schmalz oder Fett

Die gekochten Kartoffeln schälen, durch die Presse drücken und abkühlen lassen.

Dann mit Mehl, Ei und Salz gut verkneten. Teilstücke des Teiges in etwa 2 cm dicke Würste formen und ca. 3 cm lange, zylinderförmige Stücke abschneiden.
In einer Backraine Schmalz erhitzen und die Schopperln darin wenden. Im vorgeheizten Backofen bei 200 Grad ca. 30 Minuten bis zur gewünschten Bräune backen. (Alle 10 Minuten wenden.)
Die Schopperln können aber auch in der Pfanne gebraten werden.

Man kann dazu Wammerl mit Sauerkraut servieren. Mit Sauerkraut und Speck kann man sie auch gut als Krautnudeln verwenden.

Quellen:

Im Wesentlichen Erinnerungen des Autors

Aussagen der älteren und Impulse der jüngeren Geschwister des Autors

Archiv der Stadt Furth im Wald

Tourist-Information Furth im Wald

Josef Martin Bauer, Drachenstichfestspiel Furth im Wald, Perlinger Druck GmbH, 1953

Kulturspiegel des 20. Jahrhunderts, Westermann-Verlag Braunschweig, 1987

Susanne Maier, Das Grenzdurchgangslager Furth im Wald 1946-57, Verlag Ernst Vögel, 2006

Ingeborg und Werner Perlinger, Seit Jahrhunderten Drachenkampf in Furth, Perlinger Druck GmbH, 2007

Werner Perlinger, Geschichte der Stadt Furth im Wald, Band 3, Perlinger Druck GmbH, 2016

Dank

Ich möchte allen Dank sagen, die mich mit Anregungen, konstruktiver Kritik und mit Erinnerungen unterstützt haben. Dies gilt besonders
für meine Geschwister Annerl, Rosi und
Waldemar.
Dank gilt auch Werner Perlinger, Georg Kleber
und Willi Kastner für Informationen und Bild-
material.

J.F. Kaspar

Die Tuchfühler

Wer hat noch nicht im Kreise langjähriger Freunde über gemeinsam erlebte, verrückte Episoden gelacht und wurde dann
am Ende doch sehr nachdenklich? Nachdenklich, weil die
Ausgelassenheit in der unbeschwerten Vergangenheit sich
mehr zu weniger antriebsstarken Gelassenheit, ja sogar zur
traurigen Verlassenheit entwickelt hat.

J.F. Kaspar
Die
Tuchfühler

Testosterongesteuert
von
losgelassen
über
ausgelassen,
niedergelassen,
gelassen
bis
verlassen

○ tredition

ISBN: 978-3-7439-7400-5 (Paperback)
978-3-7439-7401-2 (Hardcover)
978-3-7439-7402-9 (e-Book)

J.F. Kaspar beleuchtet mit seinem Buch "Die Tuchfühler"
diesen Prozess, den er mit seinen Freunden durchlebt hat, vor
dem Hintergrund einer gesellschaftlichen Entwicklung Mitte
der 60er Jahre bis zur Gegenwart
humorvoll und nachdenklich.

„Kurzweilig und amüsant"
„D i e Lektüre für einen Schlechtwetter-Tag"

Zeitfracht Medien GmbH
Ferdinand-Jühlke-Straße 7
99095 Erfurt, Deutschland
produktsicherheit@kolibri360.de